『ありゃいっけない。ならら成海クンもおいでよ、一人なんでしょ？』
「えっ」

ブタオ
本名は成海《なるみ》颯《そう》太《た》で、悪役デブ男。
クラス対抗戦で影からEクラスを
支援しようとするが……!?

世良桔梗《せら・ききょう》
Aクラストップの才女。
才能、美貌、品格を
兼ね備えた完璧女子。
久我琴音《くが・ことね》
基本は常に無口・無愛想で
尖った性格のクラスメイト。
実は米軍の特殊部隊員。
天摩 晶《てんま・あきら》
重装鎧に身を包んだユニーク女子。
Aクラス所属で、明るく天真爛漫。

離れたところにポツンと一人で
カップラーメンを啜《すす》っている少女がいた。

災悪のアヴァロン

～悪役デブだった俺、
クラス対抗戦で影に徹していたら、
なぜか伝説のラスボスと
ガチバトルになった件～

3

Author
鳴沢明人
Illustrator
KeG

口絵・本文イラスト　KeG

FINDING AVALON

— The Quest of a Chaosbringer —

CONTENTS

『災悪のアヴァロン』

キャラクター所属組織図

成海家

成海大介（なるみ だいすけ）
ブタオの父。雑貨屋経営の中年男。

成海沙雪（なるみ さゆき）
ブタオの母。見た目の若い美女。

チームEEE（イースリー）

成海華乃（なるみ かの）
ブタオの妹。天才肌の元気系美少女。

成海颯太（なるみ そうた /ブタオ）
物語の主人公。本来の「ダンエク」では悪役デブだったが……？

大宮皐（おおみや さつき）
委員長気質の生真面目な少女。人柄がよい。

新田利沙（にった りさ）
二人目のプレイヤー。知的で小悪魔タイプ。

赤城パーティ

早瀬カヲル（はやせ かをる）
凛とした美少女で、ブタオとは幼なじみ。

赤城悠馬（あかぎ ゆうま）
大きなカリスマを持つ「ダンエク」本来の主人公。

立木直人（たちぎ なおと）
頭脳優秀で、クラスの参謀格。

三条桜子（さんじょう さくらこ）
「ダンエク」人気ヒロインでピンク髪が特徴。通称「ピンクちゃん」。

磨島大翔（まじま ひろと）
Eクラスの実力者の一人。

月嶋拓弥（つきじま たくや）
三人目のプレイヤー。 性格は軽薄。

久我琴音（くが ことね）
小柄で不愛想な少女。実は特殊部隊員。

Eクラス

刈谷勇（かりや いさむ）
Dクラスのリーダー格。粗暴で狡猾な性格。

間仲善（まなか ただし）
兄のコネで攻略クラン「ソレル」の威を借る少年。本人は実力的には小物。

Dクラス

鷹村将門（たかむら まさかど）
Cクラスのリーダー。周防とは過去の因縁がある。

物部芽衣子（もののべ めいこ）
鷹村のお付きで、おでこがチャームポイント。

般若の男
物部芽衣子の兄で仮面を着用。隠れた大物？

Cクラス

周防皇紀（すおう こうき）
貴族出の実力者。私兵の弓部隊を擁する。

Bクラス

世良桔梗（せら ききょう）
学年主席で容姿端麗な次期生徒会長。
「聖女機関」のサポートを受ける。

天摩晶（てんま あきら）
全身鎧を着こんだ、天真爛漫な少女。
黒執事隊「ブラックバトラー」の忠誠を受ける。

Aクラス

第01章 ✦ 亡者の宴《うたげ》

見《み》渡《わた》す限り延々と続く乾《かわ》いた大地。夕焼けの陽《ひ》が差して全てをオレンジ色に染め上げている。ここはダンジョン15階。妹を連れて狩《か》りに来ているところだ。

10階から14階までの通路状MAPとは打って変わって遮蔽物《しゃへいぶつ》は無く、非常に視界の開けたフィールドMAPとなっている。とはいえ開放感があるとか気分が良いとかそんな場所では全くない。

周囲には緩《ゆる》やかな丘《おか》と、所々に朽《く》ちた墓石が点在しており、その周辺にはアンデッドモンスターがゆっくりと蠢《うごめ》いているのが遠目から見て取れる。また道中の脇《わき》に生えている葉の一枚も付いていない木には、吊《つ》るされて処刑《しょけい》された罪人がいく体もぶら下がっており、赤黒く淀《よど》んだ夕焼けの空と相まって酷《ひど》く不気味な雰囲気《ふんいき》を作り出している。

「ちょっとっ。ここは一人で来たくないかもなんだけどっ」

「レベル的には余裕《よゆう》なんだけどな」

周囲を見渡していた妹は、あまりの重苦しい空気に眉《まゆ》をひそめる。確かにそこかしこにアンデッドが蔓延《はびこ》っていて心休まる光景とは程遠《ほどとお》い。しかしながらこの階にはゲートと、美味《おい》しい狩場《かりば》もある。今後は頻繁《ひんぱん》に来ることになるだろうし慣れていくしかない。

「おにぃ、レイスが近づいてきたよっ」

「あれはレイスの上位種、ゴーストだな。レイスより多少耐久力《たいきゅうりょく》は高いけど今の俺達《おれたち》なら問題ないはずだ」

白く半透明《はんとうめい》で人の形をしたナニカ。触《ふ》れられると生命力を吸い取る《ドレインタッチ》という攻撃《こうげき》を仕掛《しか》けてくる。霊体《れいたい》なので物理攻撃は全く効かないが動き自体はそれほど速くなく、魔法《まほう》攻撃の手段を持っているならさして怖《こわ》い相手ではない。

「作戦通り魔法で応戦するぞ」

「は〜い」

妹は《ファイアーアロー》を覚えて間もないので、魔法の基礎的《きそてき》なことを指導している。遠距離《えんきょり》にいる相手に普通《ふつう》に《ファイアーアロー》を撃《う》ち込《こ》んだとしてもそれほどの弾速《だんそく》があるわけではないので、あっさりと避《よ》けられてしまうことは多々ある。なので走ったりして自身の慣性を乗せたり、投げるようにスキルを発動して弾速を速める工夫《くふう》が必要だ。

だが魔法は速く撃ち込んだからといって威力《いりょく》が上がるわけではない。たとえ質量を伴《ともな》う魔法だったとしても不思議なことに速度と衝突《しょうとつ》エネルギーに相関性がないのだ。一般的《いっぱんてき》な物理法則とは分けて考えなくてはならない。

その一方で、魔力《まりょく》を通常より多く込めれば威力も上がるという特性もある。魔力を込めれば込めるほど威力の伸《の》びも小さくなるので魔力に対するダメージ効率は悪くなるが、ここぞというときに使えば強力な武器になる。

今のINT《知力》とMP量、そして相手の耐久力を鑑《かんが》みながら魔力出力を決めるのがベストだが、それは実際にやってみて感覚を掴《つか》んでいくしかない。

妹はオート発動で《ファイアーアロー》を手の内に作り出し、石を投げるように撃ち込む。速度は200㎞を少し超《こ》える程度だろうか。キュルルという音をたてながらピンポン玉サイズの火の玉がゴーストの足元に撃ち込まれる。

「当たった！　でもまだ死んでない。あ、もう死んでるんだっけ？」

「よろめいているぞ。その剣《けん》でトドメを刺《さ》すんだ」

7階のボス、ヴォルゲムートが落とした片手剣、「ソードオブヴォルゲムート」を右手に持ってゴーストに斬《き》りかかる。HP吸収効果が付いていて完全物理耐性《たいせい》のある相手にもダメージを与《あた》えられる特殊《とくしゅ》な剣だ。ただ属性剣ほどの威力はないので、そこは斬撃回数で補うしかない。

4回ほど斬ったあたりでゴーストは甲高《かんだか》い声と共に空気に溶《と》け込むように消え、数㎝ほどの魔石が地面にぽとりと転がった。

「これ……大きいね。色も何だか綺麗《きれい》。いくらくらい？」

「ギルドの買取だと1つ6000円だったかな」

「これ1つで6000円⁉　今日の晩御飯《ばんごはん》は～ブランド牛の～しゃぶしゃぶ！」

先ほどまで怖がっていたというのに魔石の値段を聞いた途端《とたん》やる気に満ち溢《あふ》れる現金な妹。15階のモンスターの魔石ともなれば買取価格も跳《は》ね上がるので、ここらで狩りができるならそれなりの大人数のパーティーだとしても黒字を叩《たた》き出せるだろう。

「それで。今日はどんなところで狩りをするの？」

「亡者の宴と言われる処刑場《しょけいじょう》だ」

「しょ……そんなところに行くんだ……」

昔、とある男爵《だんしゃく》が無実の罪により子飼いの騎士《きし》達と共に処刑され、死しても冷めやらぬ怨恨《えんこん》によりアンデッドと化した、とかそんな逸話《いつわ》があったところだ。

その処刑場はDLCによって新しく追加されたエリアにあるので、こちらの世界では一《いっ》般《ぱん》的に認知《にんち》されていない可能性が高い。つまりは独占《どくせん》できる狩場かもしれないのだ。それ以外にも美味しい理由は他にいくつかある。

「モンスターがポップする場所が限られてるし、ゆっくりと土から這《は》い出てくるから先手を取りやすい狩場なんだよ。通称《つうしょう》〝モグラ叩き〟と言われてる」

「モグラ叩き？　そんなにポコポコ出てくるんだ」

這い出てくるモンスターは大きな盾《たて》と片手剣を持つスケルトンナイトと、両手剣を持つコープスウォーリア。どちらもモンスターレベル16。この15階にポップする平均的なモンスターよりレベルが1つ高いが、レベル19の俺達なら難なく倒《たお》せるはず。

そしてそいつらが落とす特殊なアイテムを12個揃《そろ》えて中央に置くと〝ブラッディ・バロン〟という特殊モンスターを召喚《しょうかん》できる面白《おもしろ》狩場なのである。

「ブラッディ・バロンって……それが処刑された男爵様なんだよね」

「コイツはオババの店に持っていけば20リルで買い取ってくれるアイテムを落とすんだ。あとは、同時にポップする騎士がミスリル合金製武具を落とす。ボロボロだけどな」

「ボロボロ？　そんなの集めてどうするの」

ドロップするものは刃《は》こぼれしていたり凹《へこ》んで曲がっていたりと、そのまま使うことはできない代物《しろもの》ばかり。しかし、使われている材質はミスリルが多く含《ふく》まれており、鋳潰《いつぶ》して素材にすれば上質のミスリル合金となる。

これから向かう処刑場でダンジョン通貨と素材を沢山《たくさん》集めて装備を揃え、20階以降の攻《こう》略《りゃく》に備えたい、というのが今回のダンジョンダイブの主目的だ。

近寄ってくるゴーストを魔法でなぎ倒し、緩やかな丘をいくつか越《こ》えて移動していると、夕焼けだった空が急に陰《かげ》りだす。黒くどんよりした雲が大きな渦《うず》を巻いているようだ。DLCエリアに入ったのだろう。

ここら辺りの植物は全て枯《か》れ果て、か細い悲鳴のような音のする風が吹《ふ》いており、より沈鬱《ちんうつ》とした空気に包まれている。遠くに目を向ければ一辺が50mほどの柵《さく》で囲われた牧場のような場所が見える。あれが目的地、亡者の宴と言われる処刑場だ。

妹と共に少しだけ近づいて場内の様子を窺《うかが》う。中には障害物や建物は無く、なんとなしに地面が盛り上がっている箇所《かしょ》をいくつか確認《かくにん》できる。

「やはり誰《だれ》もいないな。俺達だけで独占できそうだぞ」

「なんか……亡者の宴という割には数が少ないね」

中には2体のアンデッドがゆっくりと徘徊《はいかい》しているのが見て取れる。妹はもっとわんさかいるのだと思っていたようだが、それは半分当たりで半分ハズレだ。

この処刑場のモンスターは常時2体出るようにポップし続ける特徴《とくちょう》がある。倒してもすぐにどこかの土山から出てくるわけだが、その際はゆっくりと這い出てくるので今歩いている2体を倒しさえすればその後は無防備状態を叩き潰《つぶ》す簡単な作業となる。

ゲームでは土から出てくるポイントが12ヶ所と決まっており、そのポイント全てにプレイヤーが陣取《じんど》り、出てきた瞬間《しゅんかん》に目の前にいるプレイヤーが倒すという単純作業のような狩場となっていた。しかし今回は二人なので、這い出てきたらその場所まで急いで走っていかなくてはならない。まぁそこは体力を考慮《こうりょ》して休憩《きゅうけい》を挟《はさ》みながらやっていけばいいだろう。

「手前の盾を持った骨がスケルトンナイト、奥《おく》にいる若干《じゃっかん》肉が付いているのがコープスウォーリアだ」

「スケルトンナイトは確か【ナイト】のスキルを使ってくるんだっけ」

「《シールドバッシュ》な。スキル発動中に喰《く》らうと短時間動けなくなるからそこだけ注意しておけばいい」

「うんっ」

その場に荷物を置き、持って来た特殊な武器を背に抱《かか》え、戦闘《せんとう》の準備をする。今日は様子見を兼《か》ねたお試しなので気楽にやろうと思う。

「俺はコープスウォーリアに仕掛ける、スケルトンは任せるぞ」

「りょうかーい」

合図と共にモンスターに向かって駆《か》け出す。俺よりも妹の方が初速が速いようで一足先にスケルトンナイトと交戦状態に入る。向こうも初撃を盾で対応してきたが、華乃《かの》はすでに死角に回り込み、斬撃のモーションに入っている。レベル差もあることだし問題なく倒せそうだ。

一方の俺の相手はコープスウォーリア。片手剣よりも幅広《はばひろ》で長いロングソードを引きずるように持って歩いている。重量もかなりある武器だが、モンスターレベル16ともなればあの程度の重量でも片手で振《ふ》り回してくると想定して戦わねばならない。

30mほどの距離《きょり》まで近づくと俺に気づいたコープスウォーリアが低く唸《うな》りながら向こうからも突進《とっしん》してくる。

一気に間合いが縮まる——と思いきや、5m手前くらいで下から上へ斬り上げるように剣を振るってきた。その際に土砂《どしゃ》も一緒《いっしょ》に巻き上げてくる。飛んでくる射線は見えていたので外側へ回り込むように避け、空いていた左手を使いサイドスローで《ファイアーアロー》を投《な》げ込む。

少し無理な体勢からの魔法投擲《とうてき》であったものの、常人が投げる速度を遥《はる》かに超えてコープスウォーリアの横っ腹に着弾《ちゃくだん》する。多少よろめかせる程度のダメージしか与えられなかったがそれで十分。今度はこちらのターンだ。

体勢が整うまでの僅《わず》かな時間で接近しウェポンスキルを発動。コープスウォーリアは慌《あわ》てて武器を盾にしようとするがもう遅《おそ》い。

「真っ二つだぜェ！　《スラッシュ》」

【ファイター】が最初に覚えるウェポンスキル《スラッシュ》。ゲームの刈谷《かりや》イベントで刈谷が使ってくるスキルだが、あれは大剣《たいけん》の《スラッシュ》だったので威力やリーチがある代わりに溜《た》めも必要という制約がある。俺が右手に持っているのは軽くて細い剣。発動までの時間は段違《だんちが》いに早いのだ。

武器で庇《かば》いきれていない左わき腹から水平に斬撃が決まると、コープスウォーリアはへそを境に上半身と下半身が綺麗に分かれ、どちゃりと地面へ倒れて魔石となった。

後ろを見ればすでにスケルトンナイトも魔石となっていたので妹も瞬殺《しゅんさつ》できていたようだ。

「よし、30秒くらいで次が出てくるから、そこを叩くぞ」

「モグラ叩きだねっ！　この大きな鈍器《どんき》で思いっきり叩けばいいんだよねっ」

妹が縦長のリュックから1mほどのメイスを取り出す。柄《つか》の先に棘《とげ》の付いた重い頭部を有するスパイクメイスだ。20kg超と一般人《いっぱんじん》では扱《あつか》えない重さだが、妹は多少ヨタヨタしながらも片手で器用に振り回している。それほど硬度《こうど》のない鋼製でもあれくらい太ければ多少乱暴に扱っても十分に耐《た》えられるはずだ。

処刑場は土から這い出ようとする無防備のモンスターを一方的に攻撃できる美味しい狩場。逆に言えば完全に這い出てしまったら普通に戦闘となってしまうので、それまでに倒しきる必要がある。鎧《よろい》や盾を装備したモンスターを短時間で倒すには、刀剣《とうけん》よりもこういった超重量《ちょうじゅうりょう》の鈍器で一気に叩き潰すのが効率良いのだ。

俺も持って来たスパイクメイスを取り出して片手で振ってみる。重さ自体は苦にならなくても、ある程度足で踏《ふ》ん張らないと体を持っていかれてしまう。これも慣れだと思って練習していけばいいだろう。

そんなことを考えていると、右前方から骨の手がニョキッと生えてきた。あの手はスケルトンナイトだろう。

「でたよーっ、そっち！」

「華乃。こうやるんだ。見とけよ」

骨の手が土砂を掻《か》いて、のっそりと土から這い出ようとする。やはり完全に出てくるまで10秒ほどかかるようだ。その隙《すき》だらけのスケルトンナイト目掛《めが》けて振り上げたスパイクメイスを思いっきり振り落とす。

「あぁ～っどっこいしょおおぉおお‼」

ズシャンという音と共に砂ぼこりが盛大《せいだい》に舞《ま》い上がる。振り落とした後に残るのはバラバラになり飛び散った骨。それもすぐに溶けるように消えて魔石となった。

地面が柔《やわ》らかいせいか、もしくは肉体強度が上がったせいなのか、思ったよりも手にくる衝撃《しょうげき》が少なかった。もう少し強く叩けたけど今の攻撃で倒せるなら十分だろう。

魔石の他には低確率でブラッディ・バロンを呼び出すためのクエストアイテム、「怨毒《えんどく》の臓腑《ぞうふ》」を落とすが、そう都合よく落ちるものではないか。

「すごぉーい！　あ、向こうにも出たからいってくるっ」

「このまましばらくやってみるか。お、こっちも出てきたな」

そうして寂《さび》れた処刑場では二人が駆けまわり、ドッカンドッカンと地響《じひび》きが鳴り続けることとなった。

第02章 ✦ ブラッディ・バロン

大きく振りかぶったスパイクメイスを這い出ようとしたコープスウォーリアの真上から叩き込む。舞い上がった砂埃《すなぼこり》が落ち着き視界が晴れると、妹が慎重《しんちょう》にドロップアイテムを摘《つ》まみ上げてゴミ袋《ぶくろ》へと入れる。

「これで12個目！　なんちゃらパトロンを呼び出せるのかなっ」

「ブラッディ・バロンな。今日はお試《ため》しのつもりだったんだが……」

ゴミ袋の中には10㎝大の臓器のような肉塊《にっかい》が12個入っている。スケルトンナイトとコープスウォーリアをドッカンドッカンと数百体叩き潰し、ようやく召喚の儀式《ぎしき》に必要な数を手に入れることができたのだ。ドロップ確率的にはまぁ良い方だろうか。

そしてこの肉塊。ゲームと違《ちが》ってリアルに実体化しているので予想以上にグロい。時折ぴくりと動くので気持ち悪さが天井知らず《てんじょうしらず》である。華乃も道端《みちばた》で見知らぬ犬のフンを拾うが如く長い木の枝を使って袋に入れていたし。

「やるにしても作戦会議を一度しておきたい……が」

「あっ、またでてきた」

指差した方向を見れば土山から干《ひ》からびた手がニョキッと生えていた。処刑場では倒してもすぐに次のモンスターがポップしてしまうため、おちおち話もしていられない。一度外へ出たほうがいいだろう。


外枠《そとわく》を囲んでいる柵を飛び越えて適度に平らな場所を探し、安全確認をしてから茣蓙《ござ》を敷《し》く。持って来た水筒《すいとう》から茶を注いで、ほっと一息だ。

辺りは相変わらず薄暗《うすぐら》く荒涼《こうりょう》としている。そんな景色でもしばらくいれば慣れるものなのだと静かに驚《おどろ》く。

「集めたアイテムを纏《まと》めてどこかに置けばいいんだよね」

「中央にある模様の上に、だな」

目の前で華乃がお気に入りの棒菓子《ぼうがし》を齧《かじ》りながらご機嫌《きげん》に聞いてくる。

処刑場中央の地面には子供が描《か》いた渦巻《うずまき》太陽のようなものがうっすらと描《えが》かれており、その上に集めた12個の肉塊を置くだけでブラッディ・バロンの召喚儀式が発動する。

ゲームではその様子がムービーシーンとして流れていた。クエストアイテムである12個の臓腑が互《たが》いに脈動しながら繋《つな》がって徐々《じょじょ》に膨《ふく》れ上がり、1体のフレッシュゾンビが生まれ堕《お》ちるという内容だ。その間30秒。こちらの世界の召喚儀式でも同じ時間をかけて同じように再現されるはず。

では、ここで問題。俺達はその召喚儀式をゲームと同じように指をくわえて眺《なが》めていなくてはならないのか。

「召喚が始まるとブラッディ・バロンは肉体を構築するため、しばらく動けない。そこで――」

「私達は攻撃できるの？」

「そのはずだ」

ゲームではそのムービーシーンを強制的に見させられ、プレイヤーは動けないという制約があった。しかし、こちらの世界ではそんなものはない。俺達が動けるのなら召喚儀式の時間は攻撃したい放題、つまりはボーナスタイムとなるわけだ。

「ふ～ん……でもたった30秒かぁ。どれくらいの強さなの」

「モンスターレベルは20。フロアボス扱いだから、ＨＰとＶＩＴはかなり高いな。一般モンスターは出なくなるが、代わりに12体の護衛騎士が同時にポップする」

「えぇっ!?　それって一緒に処刑された騎士達のこと？　そんなにいっぱい相手できるかなぁ」

護衛騎士はブラッディ・ナイツというモンスターレベル16のアンデッド。大型の武器から飛び道具まで様々な武具を持っており、個々の攻略法《こうりゃくほう》は様々。

そんなモンスターを12体同時に相手にするのはレベル19になったとはいえ難しいものがある——普通ならば。

「護衛騎士は俺が止める。召喚開始と同時に《シャドウステップ》を使うつもりだ」

「脚《あし》がふわふわして速く動けるようになるスキルだっけ。あれ私も覚えたいっ！」

「まず基本職のジョブレベルを全て上げ切ってからだな」

《シャドウステップ》は移動速度に加えて回避《かいひ》も上がるため、トッププレイヤーでさえ重宝する神スキル。上級ジョブ【シャドウウォーカー】で覚えるのだが、このジョブに就《つ》くためには前提条件が多く、華乃が覚えるとなるとまだ時間がかかることだろう。

「とにかく30秒間ブラッディ・バロンを叩きまくってくれ。この前に教えたマニュアル発動も試してみるといいぞ」

「うーん。上手《うま》くできるかなぁ」

うんうんと唸りながらスキルモーションの練習をする華乃。俺も初めは四苦八苦していたが、練習と研究を重ねたおかげで今では通常攻撃から流れるように発動できるようになった。華乃も今後ダンジョンに潜《もぐ》っていくなら頭と体に覚えさせておくといいだろう。

「時間内に倒しきれないときや想定外のことが起こったら無理せず処刑場外へ退避《たいひ》するんだぞ。まぁ……その場合は消滅《しょうめつ》しちゃうけどな」

「ええ！　あれだけ頑張《がんば》って集めたのに無駄《むだ》になっちゃうんだ」

ブラッディ・バロンは耐久力が高いだけではなく、多数のスキルや魔法を使いこなす特殊ボス。負荷《ふか》のデカいチートスキルを使えば倒せないこともないだろうけど、無理することはない。

「華乃が召喚中のブラッディ・バロンを叩き続ける役。俺が周りにポップする12体の護衛騎士――ブラッディ・ナイツ達を引き付ける、または倒す役。30秒で倒せそうなら倒す、無理そうなら即逃《そくに》げるという作戦でいこう」

「わかったー」

と言ったものの、先に持って来たお菓子を全て食べてしまおう。ところでその棒菓子、美味《うま》そうだから1本くれないかな。


食後の休憩と称《しょう》し、しばしゴロゴロとした後に再び処刑場内へと赴《おもむ》く。ポップしていたアンデッド2体を素早《すばや》く掃除《そうじ》し、中央にある召喚魔法陣《まほうじん》の上に妹と並び立つ。

ブラッディ・バロンが今の俺達でも倒せるなら大きな収穫《しゅうかく》だ。すぐにでもダンジョン通貨稼《かせ》ぎに移行でき、レベル20クラスの武具やアイテムを揃えられるようになる。そんな期待を胸に抱《いだ》きながら説明を続ける。

「12個の［怨毒の臓腑］が集まって1つになって脈動が始まったら攻撃開始だぞ」

「うんっ。頑張るっ！」

華乃が右手にスパイクメイス、左手に［ソードオブヴォルゲムート］を持って身構える。いつもの二刀流スタイルだ。緊張《きんちょう》しているようだが失敗しても逃げればいいだけなので、あんまり気負うなと言っておく。

では俺も最後の準備へ移るとしよう。

もう体が覚えているほど使いまくった《シャドウステップ》の魔法陣。多少複雑であっても難なく描ききることができる。レベル19になってからも何度か実験したが、それほど体への負担はなく行使できるのは確認済みだ。

発動すると周囲がやや暗くなり、足元にゆらりと残像が揺《ゆ》らめく。このスキルを使うとダンエク時代の対人戦の記憶《きおく》が蘇《よみがえ》ってきて気分が高揚《こうよう》し、自然と戦闘モードのスイッチが入る気がする。

（うむ、調子がでてきた）

華乃の方を見れば準備ＯＫだと頷《うなず》いたので、ゴミ袋から［怨毒の臓腑］を取り出して地面に満遍《まんべん》なくべチャリべチャリと落としていく。程《ほど》なくして地面に描かれている太陽のマークのような紋様《もんよう》が溝《みぞ》に沿って朱色《しゆいろ》に発光し、肉塊も盛《さか》んに蠢《うごめ》きだす。

「あっ、動いた！　でもなんか気持ち悪い動きだね」

尺取虫のような動きで肉塊が中央へ寄せ集まって融合《ゆうごう》し1つの巨大《きよだい》な肉塊になると、数秒ほどで大きく脈動が始まる。

時を同じくして周囲に12個の土山が生まれ、そこから何かが這い出てこようとしている。

12体の護衛騎士――ブラッディ・ナイツだ。

「作戦開始だ！　叩きまくれっ！」

「いっくよぉぉ！」

声を上げながら華乃がスパイクメイスを勢いよく振り下ろす。その風圧で砂塵《さじん》が上がるほどの衝撃にもかかわらず、肉塊は潰れずに脈動が継続《けいぞく》されている。予想通り俺達は攻撃ができるのに召喚儀式は中断されていない。

一方で12体のブラッディ・ナイツはアンデッドには珍《めずら》しく〝ノンアクティブモンスター〟だが、ブラッディ・バロンに攻撃を加えると襲《おそ》ってくるため、この設定は意味を成さない。なので先手必勝だ。

まずは一番近くの土山へ。

《シャドウステップ》により残像でブレた足先を確かめるように踏み込み、そして一気に加速。ヴォルゲムート戦で使用したときよりもＡＧＩ上昇《じょうしょう》の伸びが大きく感じられる。今ならばこのスキルを粗方《あらかた》使いこなせそうだ。

その勢いのまま減速せずに土山の根元へ細剣を深く突《つ》き刺し、強く捩《ね》じり込む。すると土の中から低く唸るような声が聞こえた。まずは１体目。

すぐ前方に目を向ければ土山からすでに大剣が突き出ており、それを利用して土を掻い て這い出ようとしている個体が見えた。再び加速して疾走《しっそう》し、出てきたところを突き刺す。トドメに丁度いい位置にある頭を蹴《け》り飛ばして２体目。

右方、20ｍ先にはすでに上半身が出ている個体を確認。足元に落ちていたボロボロの大剣を思いっきり投げ込むと、土山と共に上半身を吹き飛ばすことに成功。３体目。

更《さら》に右方には土山から手斧《ておの》が突き出ている。愚《おろ》かにも向こう側を向いて出ようとしているようだ。当然そんな美味しい隙を見過ごすわけもなく、４体目も楽勝だぜと細剣を振り下ろす。が、半分土に埋《う》もれながらも手斧で防ぎやがっただと！

「さすがは騎士。しかし――」

上半身を捩じって攻撃を防いだことには驚いたものの、下半身が埋もれてまともに動けない奴《やつ》が俺の動きについてこられるわけもなく。再び死角へ回り込んで細剣を振るい、首を刎《は》ね飛ばす。４体目。

すぐ後ろ。土山から抜《ぬ》け出したばかりの個体がこちらに来ているのが見えていたので、振り返って迎《むか》え撃つ。

大きな両刃斧《りょうばおの》を振り上げながら向かってくるガタイの良いブラッディ・ナイツ。その構えと逆方向からフェイントを入れつつ近づき、至近距離戦へ。速度では倍以上速い俺の動きには対応できないようで、常に死角を取る動きで翻弄《ほんろう》し数回ほど斬ったところで魔石となった。これで５体目。

「はぁ……残り７体か。もう少しいけると思ったんだけどな」

土から出る前に12体のうち半分くらいは倒せると踏んでいたのだが予想以上に早く出てきてしまった。とはいえ、本来なら全員同時に戦わなければならなかった相手だ。５体減らせただけでも良しとしよう。

目の前にはショートソードにナイフ、弓、大きなメイス、鎌《かま》のようなモノまで持ったブラッディ・ナイツ達がいる。顔は崩《くず》れ、装備はボロボロ。それでも主《あるじ》であるブラッディ・バロンを守ろうとする意志が窪《くぼ》んだ目から垣間見《かいまみ》える。持った武器の切っ先を向けているのも俺ではないようだし。

「あああああああッ！」

背後には吹き荒《あ》れる砂塵もお構いなしに、声を上げて全力で攻撃を叩き込む華乃がいる。それでもまだ召喚儀式は止まることなく、肉塊は人型へと紡《つむ》がれ、今まさにフレッシュゾンビになろうとしている。

残り時間は半分ほど残っているが、やはり耐久力のある特殊ボスを時間内で倒すのは厳しいものがありそうだ。

それでも肉塊の表面からは血が噴《ふ》き出ており、手足はあらぬ方向へ曲がり、一部は崩壊《ほうかい》しかかっている。かなりのＨＰを削《けず》れている証拠《しょうこ》だ。その様子をみてブラッディ・ナイツの中には雄叫《おたけ》びを上げたり忙《せわ》しなく武器を振るい威嚇《いかく》している個体もいる。

敬愛する主が叩かれまくっているのだからその反応も頷けるものはあるが。

「悪いな、後ろには通せないんだ。だからお前達は――」

ここで俺達の糧《かて》となってくれ。

第03章 ✦ 久しぶりの味

時折吹く突風《とっぷう》により砂が巻き上げられ、つむじ風がいくつも発生している処刑場。その中央付近で俺は大小様々な武器を持つ7体のブラッディ・ナイツ達と対峙《たいじ》している。

足元には先ほど倒した個体の両刃斧が落ちていたので拾い上げてみる。重さは20kgを少し超えるくらいだろうか。所々凹んでいたり刃も欠けているが防具ごとぶった斬るには丁度いい。細剣とこの斧を併用《へいよう》して戦ってみようかね。

俺はゲームでも《二刀流》はスキル欄《らん》に入れていなかったが、数多《あまた》の武器を環境《かんきょう》や状況《じょうきょう》、相手によって使いこなす【ウェポンマスター】というジョブを長くやっていたのでこの程度の武器を同時に捌《さば》くくらい朝飯前だ。

武器のグリップを強く握《にぎ》って確かめていると、早速《さっそく》2体向かってきた。だがヤツらが見ているのは俺ではなく華乃。ここは絶対に——

「通しはしないぜっ」

弓使いの射線と後ろにいる華乃の位置に気を付けながら、こちらからも《シャドウステップ》で加速して距離を詰《つ》める。向かってきた2体のうち、手前にいるブラッディ・ナイツが咄嗟《とっさ》に盾を構えるが、そんなことはお構いなしに勢いそのまま両刃斧を振り抜く。

「オラァアアァッ!!」

ドコンッと、金属音とも衝突音《しょうとつおん》とも取れないような大きな音をたて、盾ごと吹き飛ばす。そのすぐ隣《となり》にいる剣使いをもう一方の手で持っている細剣で薙《な》ぐ——が浅かったようで倒しきれず。俺の攻撃を喰らいながらも短剣《たんけん》を振りかぶってきたので一度横に躱《かわ》しながらオート発動の《スラッシュ》で斬り捨てる。真っ二つだ。これで残りは5体。

「うぉっと⁉」

一息つこうとすると風切り音をたてて弓矢が飛んできたので、首の動きだけで避ける。それを皮切りに、残りのブラッディ・ナイツが一斉《いっせい》に向かってきやがった。主を助けるにはまず俺が邪魔《じゃま》だと判断したわけだ。ならば俺は——

逃げる！

「まともに正面からやってられるかってんだ、バカヤロー！」

レベル差が大きい格下相手ならともかく、それほどレベルが離《はな》れていない相手と5体同時に戦うのはさすがに厳しい。

されど重要なのは華乃の方へ奴らを行かせないということ。上手く俺にヘイトを集め、攻撃ターゲットを持ってこられた時点で目的は達成している。後は飛び道具に気を付けて時間稼ぎをすればいいだけだ。生憎《あいにく》と《シャドウステップ》により移動力は大きく増しているので、鬼《おに》ごっこなら負ける気がしない。

ジグザグに走りながら横目で華乃の様子を見てみると、丁度マニュアル発動で《スラッシュ》を叩き込んでいたところだった。ブラッディ・バロンのダメージの状態を見た感じでは、HPを残り3割程度まで削れている模様。しかし残り時間も多くない。それならば俺も華乃に加勢してみるか。

後ろから付いてくるブラッディ・ナイツとの距離感に注意しつつ、トレインの進行方向をいざ、ブラッディ・バロンへ。

「華乃！　俺もスキルを叩き込むから発動時には注意してくれっ！」

「分かったー！」

華乃が連打を叩き込みながら元気よく了承《りようしよう》の声を上げる。

さて何を叩き込んでやろうか。せっかく立派な両刃斧を持っていることだしこれを活《い》かすスキルでもやってみようかね。

細剣を腰《こし》にしまい両刃斧のグリップを両手でしっかりと握って、走りながら魔力を練る。次にハンマー投げの投擲モーションのようにぐるり、ぐるりと2回スピンして斧を振り回す。これが《フルスイング》のスキルモーションだ。

俺が近くまで迫《せま》ると、察した華乃が後ろへ飛び退《の》いてくれる。それでは遠慮《えんりょ》なく――

「全力全開でいくぜぇーっ！　《フルスイング》!!」

人型の形が崩れつつある肉塊のど真ん中を、走力と遠心力の全てを両刃斧に乗せて叩きつける。その斬撃によりドンッと鈍《にぶ》い音がさく裂《れつ》するも、まだ千切れず脈動が継続されている。驚くべき耐久力だ。

後ろからブラッディ・ナイツが迫ってきているのでそのまま滑《すべ》るように通り過ぎる。スキル硬直《こうちょく》は今日覚えたばかりの《バックステップ》で軽減、短縮させているので問題にはならない。追加でスキルをいくつか覚えたおかげでダンエクでの基本戦術がようやく様になってきたぜ。

「だけど……はぁ……残り時間がもうほとんどないな」

ブラッディ・バロンは不完全ながらも人型となっており、強大な魔力を体内に巡《めぐ》らせ始めている。もう間もなく生まれ堕ちることだろう。ここはリスクを取らず逃げたほうがいいか。

「華乃っ、離脱《りだつ》するぞっ。時間切れだっ！」

「でも外に出たら消えちゃうんでしょ!?　もうちょっとで倒せそうだしもったいないよ

っ！」

確かに残りＨＰはあっても2割程度。そこまで削ったなら倒せないこともないだろうが、戦闘になれば強大なスキルに対処する必要がでてくる。一度も戦ったことのない華乃では厳しいだろう。俺がやるにしても後ろにいる奴らが邪魔だ……ならばどうするか。

「分かった！　なら追ってきてるブラッディ・ナイツを頼《たの》む！　俺がブラッディ・バロンを受け持つ！」

「うんっ、いっくよー！」

俺と交差するように華乃がブラッディ・ナイツに向かって駆けていく。5体のうち弓タイプの個体が俺から照準を変更《へんこう》したのが見えたので、振り向きざまに《ファイアーアロー》をお見舞《みま》いしておく。

「やあぁぁッ！　そしてっ！　おまけの～《スラッシュ》!!」

魔法が着弾し仰《の》け反《ぞ》った弓タイプにすかさずスパイクメイスを叩き込み、その直後に右手で持っていた「ソードオブヴォルゲムート」で《スラッシュ》を発動。近くの個体を巻き込んでまとめて倒すことに成功する。その時点で残り3体のヘイトが一斉に華乃に移った。

「よしっ、そのまま離れて周囲を走ってろっ！　俺はアイツを中央で迎え撃つ！」

「分かったぁ！　頑張ってねーおにぃ！」

処刑場の中央では膨大《ぼうだい》な魔力が天を貫《つらぬ》くがごとくうねりを上げ、魔力を帯びた風が吹き荒れている。ついに召喚儀式が完了《かんりょう》したのだ。

生まれ堕ちたブラッディ・バロンは白く濁《にご》った瞳《ひとみ》で近づいて来る俺を確認すると、右手と左手に別々の魔法陣を宿して空気が歪《ゆが》むほどの魔力を注ぎ始めた。《並列詠唱《へいれつえいしょう》》というパッシブスキルを持っているため、魔法を２つ同時に発動できるのだ。

「グォオオォオオオオオォオオン！　《フレイムストライク》!!　《フレイムレイン》!!」

「最初から全開かよっ！」

俺が走っている進行方向に直径３ｍほどの魔法陣が突如《とつじょ》現れ、光度を急激に増幅《ぞうふく》させて爆発《ばくはつ》する。巨大な火柱を召喚する《フレイムストライク》をトラップのように設置して発動させたのだ。急停止して何とか踏みとどまることができたものの、すぐ目の前に爆風《ばくふう》と火柱が勢いよく噴射《ふんしゃ》したせいでとても熱い……って。前髪《まえがみ》がチリチリになるじゃねーかっ！

時間を置かず、上空に10ｍを超える赤い魔法陣が出現する。溶岩《ようがん》でできた灼熱《しゃくねつ》の雨を降らせる範囲《はんい》魔法《フレイムレイン》だ。その雨の温度は２０００度を超えているため、溶岩であるにもかかわらず赤色というより白い光のシャワーのようにも見える。触れたら無事では済まないのは火を見るよりも明らか。

瞬時《しゅんじ》に《バックステップ》を使って真後ろに飛び、その勢いのまま範囲外《はんいがい》に出ようとする……が、間に合いそうにないため持っていた両手斧を盾にして転がるように飛び出る。

「はぁはぁ……あっちぃぃぃ！　斧が一部溶けたぞっ！」

「おにぃ～！　大丈夫《だいじょうぶ》～⁉」

「大丈夫だ。前髪がちょっと焦げたけどなっ！」

後ろがどうなっているのか見てみれば、地面の砂が溶けて黒い蒸気となり揺らめいていた。改めて上位魔法の火力のほどを実感する。

本来なら戦闘終盤《しゅうばん》で使ってくる大魔法なのだけど、儀式完了時から残りＨＰが僅かしかないので最初から全開で撃《う》ってきたわけだ。どんな魔法を撃ってくるかあらかじめ知っている俺でなかったら、大ダメージは免《まぬが》れなかっただろう。

２つの魔法を回避した俺を静かに見つめるブラッディ・バロン。体からは血が噴き出し、腹や足が大きく抉《えぐ》れているせいか動きがやや鈍く、ダメージも色濃《いろこ》い。その状態は苦しかろう。華乃をずっと走らせているわけにいかないし、さっさと決着をつけるとしよう。

足元付近には大剣が落ちているので今度はこれを使ってみるか。踵《かかと》で剣先《けんさき》を踏んで大剣を浮《う》かび上がらせて柄をキャッチ。そのまま一振《ひとふ》りしてみると小気味良い風切り音がした。刃《やいば》は潰れているが元々叩き斬る武器なので十分だ。

「そんじゃ続きをやろうぜ、血まみれ男爵。すぐ楽にしてやる」

「グルゥウゥウ……ゥ……ゥ……」

睨《にら》み合いながら互いの出方を探《さぐ》るように円を描いて歩く。10歩ほど歩いた後、ブラッディ・バロンは左手で《ファイアボール》を撃ち込んできたと思ったら、右腕《みぎうで》を突き出して再び別の魔法詠唱を開始した。赤い剣のシルエットがいくつも入った魔法陣、あれは火炎《かえん》剣を召喚する《フレイムタン》だ。魔法陣に手を突っ込《こ》み、無理やり剣を引っこ抜こうとする。

当然そんな魔法は阻止《そし》だ。

《ファイアボール》を避けた後、足に力を入れて大きく踏み込んで一直線に斬りかかる。ブラッディ・バロンは詠唱を中断して回避するかカウンターでも狙《ねら》ってくるのかと思ったが、身動きせず魔法陣に腕を突っ込んだまま。それなら遠慮なく肩口《かたぐち》から一撃《いちげき》を入れさせてもらおう。

だがそれを代償《だいしょう》として火炎剣を引っこ抜くことに成功させてしまう。最初から避《よ》けるつもりなどなかったようだ。

爛《ただ》れた右手に握られているのは刀身1mほどの眩《まばゆ》く燃《も》え盛る光剣《フレイムタン》。通常のエンチャントウェポンよりも炎の追加ダメージが大きく、火力も高い。デメリットとしてMP消費が大きいというのはあるが、大量の魔力を温存しているので問題はないのだろう。

「ォォォオォ！　グォォアアアォンッ！」

俺に対する殺意を高めるかのように雄叫びを上げると、光剣を引きずるような構えから炎の残像を纏《まと》わせて一気に振り上げてくる。

持っている大剣を横にしてその斬撃を受けてみると、とても重く、体の芯《しん》まで衝撃が響《ひび》いてきた。これだけで俺よりもSTR《膂力》がかなり高いことが分かる。おまけに熱い。斬撃と共に肌《はだ》がひりつくような熱波が襲いかかり、俺の前髪のチリチリ具合が加速する。このままでは無くなってしまいかねない。

その斬撃を皮切りに荒れ狂《くる》うような光の斬撃がいくつも俺に襲いかかる。高いSTRを武器にした強引《ごういん》な乱打戦だ。

「グャオオオン！　グォオン！　グァアアアアンッ！」

「だがっ、剣筋は、単調だなっ。はぁ……スピードに勝るっ俺の敵ではないわっ」

一撃の重さは凄《すさ》まじく上段や下段にも打ち分けてくるが、フェイントを仕掛《か》けてくるわけでもなく、攻撃モーションからも狙っている箇所が丸分かりだ。だからこそ受けやすく躱しやすい。

やはりコイツを倒すにはゲームのときと同じように魔法を撃たせず接近戦に持ち込むというのが一番の攻略法のようだ。

側面を取るように旋回《せんかい》しながら丁寧《ていねい》に斬りつけていると、ブラッディ・ナイツを引き連れた華乃が後ろから走ってやってくる。

「私の～とっておきの～攻撃っ！　いっくよー！」

何をやるのかは分からないがブラッディ・バロンのヘイトは完全に俺に固定されている。撃たせてみても大丈夫と判断し、接近と共に《バックステップ》で距離を取ると——華乃は腰紐《こしひも》からキラキラ光る何かを取り出した。

「おい待てっ、それは——」

「ポポイッとなっ！」

アンデッドに使えば絶大なダメージを与えられる回復ポーション。その威力はポーション1つで基本ジョブのウェポンスキル並みのダメージを叩き出すほど。それを一気に3つも投げ込みやがった。

瓶《びん》に入っているはずの回復ポーションはブラッディ・バロンの近くで勝手に破裂《はれつ》し、中に入っているピンク色の液体がばら撒かれる。それらが肉体に降りかかると赤黒い煙《けむり》が吹《ふ》き上がり、地鳴りのような断末魔《だんまつま》が放たれた。

「ォオォオオォオォオォオ……ォ」

その断末魔もやがて止まると肌が黒く変色し、罅割《ひびわ》れ粉々になる。背後から追いかけてきたブラッディ・ナイツも主の消滅と共に崩れ落ち、同じように砕《くだ》け散った。

「すっごーい！　回復ポーションってこんなに凄《すご》い威力だったんだねっ」

「はぁはぁ……あのなぁ。今ので……いや。少しでもリスクを回避できたならそれもありか」

もしものときのために持たせてあった3つの回復ポーションを惜《お》しげもなく全て投げ込み、その威力に目を白黒させて驚く我《わ》が妹。今までもったいなくてアンデッドに使ったことなどなかったから驚くのも無理はない。

だが思っていたより広範囲《こうはんい》にばら撒かれていたし威力も申し分なかった。今後もモグラ叩きを続けることになるだろうし、家族には保険として多めに回復ポーションを持たせておくべきか。安全性を高められるならこの程度の出費は安いものだ。

「おっきな魔石！　あ、これなぁに？　この黒いモニョモニョした気持ち悪いの」

　華乃が指差す場所を見れば、魔石の他に黒くて小さい靄《もや》のようなものが転がっていた。近くで見てみると靄の中には顔のようなものが浮かんでは消え、微《かす》かだが悲鳴に似た声も聞こえてくる。これは［怨毒《えんどく》の霊魂《れいこん》］といってブラッディ・バロンの恨《うら》み辛《つら》みが籠《こも》った魂《たましい》と呼べるもの。オババの店に持っていくと20リルで買い取ってくれる換金《かんきん》用アイテムだ。

　触《さわ》ると祟《たた》られそうなのでそのまま被《かぶ》せるように袋に入れて持っていく。あらゆるものが現実となるとグロかったり触れたくないモノまでリアルに実物化するのは困り物だ。

「はぁ……疲《つか》れた。これを換金したら帰るか」

「ねぇ、おにぃ。もう少し攻撃力《こうげきりょく》が欲《ほ》しいんだけど、やっぱりＳＴＲが足らないのかな。それとも武器が弱いの？」

「マニュアル発動をもっと自然に出せるよう少し練習してみるといいぞ」

　うんうんと唸りながら教えたスキルモーションをなぞる妹。今後の戦闘を見据《みす》えるならステータスや強力な武具に頼《たよ》るより、マニュアル発動や戦闘技術を磨《みが》いておくほうがいい。後で少し稽古《けいこ》をつけてやるか。

ブラッディ・ナイツ達が落としたミスリル合金製武具をいくつも抱え、下手糞《へたくそ》な鼻唄《はなうた》を口ずさむ妹と共に15階のゲートに入る。潜《くぐ》った先はもうオババの店のすぐ近くだ。

「これでどれくらいミスリルが取れるのかな。純ミスリル製武具の１つくらい作れちゃう？」

「10回くらいブラッディ・バロンを倒さないと無理だぞ」

「そんなにちょっとしか入ってないの⁉」

ミスリル含有率《がんゆうりつ》が０・１％でもあれば上等なミスリル合金製武具と言える。それらの武具を集めて精錬《せいれん》し１００％の純ミスリル武具を作るとなると、相当な量のミスリル合金が必要だ。こんなに嵩張《かさば》るものを何回も運ぶのは大変だし、早めにマジックバッグを手に入れたいところだね。


歩いて1分もしないうちに見慣れた四角い箱のような建物の前に着く。その前には古びた椅子《いす》に座《すわ》り、いつものようにプカプカと煙管《キセル》を吸って煙を楽しんでいる魔人《まじん》がいた。

「あらぁ、いらっしゃい……この前に頼んだ〝アレ〟は持ってきてくれたかい？」

ゆっくりと優雅《ゆうが》に立ち上がり出迎《でむか》えてくれるフルフル。人間の顔を覚えるのは苦手と言っていたけれど、どうやら俺と妹の顔は覚えてくれたようだ。

「持ってきましたよ」

フルフルが言っている〝アレ〟とは、もちろんブラッディ・バロンが落とした［怨毒の霊魂］のこと。処刑場に行く前にお使いクエストを受けておいたのだ。

ゲームのときはダンジョン通貨であるリルと換金するだけだったので、使い道は分からなかった。ただ多くの冒険者《ぼうけんしゃ》が持ち寄って換金していたので、何かしら大量に消費する理由があるのかもしれない。

……しかし何だろう、持ってきたと言うや否《いな》やフルフルが急にソワソワしはじめたぞ。

まぁ、とりあえず渡してみるか。

袋に入れてあるブツを手に触れないように見せる。こんな不吉《ふきつ》な物を一体何に使うのかと訝《いぶか》しんでいると、いつもは穏《おだ》やかに細められている彼女《かのじょ》の目がクワッと見開かれ、目視できないほどの速さで奪《うば》い取ってきやがった。何事だっ。

「もうっ、久しぶり過ぎてどんな味だったか忘れてしまいそうだったわぁ」

「あ、味？」

予期していなかった言葉に理解が追い付かず、首を大きく傾《かし》げてしまう。

舌舐《したなめず》りをしながら［怨毒の霊魂］を口元に持ってくと、そのままカブリと噛《か》みつく。そ

の際に耳障《みみざわ》りで悲鳴のような音が周囲に響き渡《わた》る。

幸せそうにゆっくりと味わいながら咀嚼《そしやく》するフルフルを、兄妹《きようだい》揃って唖《あ》然《ぜん》と眺める他なく……というか。

（それ食べ物だったのかよ！）

食べ終えた手を見て名残惜《なごりお》しそうにしているフルフルが、次なる〝アレ〟を催促《さいそく》するのは言うまでもなかった。

第04章 ✦ 期待の星

「よし。クラス対抗戦《たいこうせん》ミーティングを始めんぞ」

ホームルームが終わって放課後の時間。普通なら解散となるが今日はクラス対抗戦に向けてミーティングをやるとのことだ。

教壇《きょうだん》の前でクラスメイトを睨みながら話すのは、クラス投票によりクラス対抗戦のリーダーに任命された磨島大翔《まじまひろと》君。口調は砕けていても、短めに刈《か》り揃えられた髪はワックスで丁寧にセットされていて姿勢も良く、上流階級の雰囲気を放っている。Eクラスでは彼《かれ》と赤城《あかぎ》君が二大リーダー格として持て囃《はや》されているのだ。

「知っての通り、クラス対抗戦は1週間かけてダンジョン内で行われるクラス同士の……死合いだ。上のクラスと実力差はあるだろうが、どうせ負けるなどと思ってやる気を出さない奴は俺が直々にぶっ潰す。覚悟《かくご》しておけ」

《オーラ》を使って威圧《いあつ》してくる磨島君。レベルは5か6くらいだろうか。それでもほとんどのクラスメイトよりレベルが高く、効果は覿面《てきめん》のようだ。放課後ということでだらけ気味だった皆《みんな》の顔が一気に引き締《し》まる。

ゲームのクラス対抗では様々なイベントが盛《も》り込まれており、活躍《かつやく》すればヒロイン達の攻略が進んだり、新たなイベントを起こせたりするなどの特典があった。俺としてはそれよりもクラスの雰囲気を良くしたいので、目立たない程度に貢献《こうけん》できればと思っている。

「まずは今年の対抗戦の種目の説明をする。立木《たちぎ》」

磨島君が後ろに控《ひか》えていたインテリメガネに目配せをする。副リーダーとなったのは勇者パーティーの参謀《さんぼう》こと立木君だ。今回のクラス対抗戦は磨島君と立木君の二人が中心となり引っ張っていくことが決まっている。

「それでは資料を見て欲しい」

立木君の指示の下《もと》、ミーティング前に配られた手元のプリントを一斉に見るクラスメイト達。そこにはクラス対抗戦で行う種目とその説明が書かれていた。

・指定ポイント到達《とうたつ》
・指定モンスター討伐《とうばつ》
・到達深度
・指定クエスト

・トータル魔石量

クラス対抗戦は上記の5つの種目にクラスメイトを振《ふ》り分け、点数を競《きそ》っていく試験。クラス単位で挑《いど》む最初の試験でもある。

「ではこれらがどんな種目なのか、概要《がいよう》を説明していこう」

最初の「指定ポイント到達」というのはダンジョン内の指定された場所へ到達すれば点数が貰《もら》えるという種目だ。判定は試験専用のGPS端末《たんまつ》にて計測。着順の1位に5点、2位が4点、ビリでも1点。棄権《きけん》すれば0点というように点数付けがされている。

指定ポイントは毎日指定され、日ごと階層が深くなり、難しくもなっていく。Eクラスでは終盤での到達がほぼ不可能と予想されるため、指定階層が浅い初日から中盤《ちゅうばん》に掛けての期間でどれだけポイントを稼げるかが勝負所となる。

「他のクラスはこの種目を隠密《おんみつ》系スキル持ちの【シーフ】で組んでくるだろう。僕《ぼく》達も試験までにジョブチェンジ組を増やしたいところだが――」

邪魔なモンスターといちいち戦ってたらキリがない。そのためモンスターに気づかれにくくなる《隠密》というスキルがこの種目では重要となってくる。ところがEクラスのほとんどはジョブチェンジできておらず、大きなハンデを背負って臨《のぞ》まなければならない。

次に「指定モンスター討伐」の項目《こうもく》の説明。

その名の通り指定されたモンスターを倒せとのことだが、これも日が経《た》つにつれ指定されるモンスターが強くなっていく。1体しか現れないモンスターが指定されることはないため、どこのクラスが最初に倒したかは問題にならない。安全かつ確実に倒していけるグループを作る必要がある。

討伐した指定モンスターの魔石を端末に当てれば自動でチェックしてくれる機能があるため、点数計算も自動で行われる。

「より強いモンスターを倒せるよう、戦術理解度が高いグループを作って臨みたい。したがってこの種目だけは僕と磨島のほうでメンバーを決めるかもしれない」

一般的に人数を増やせば戦闘力《せんとうりょく》も増えるものだが、難敵を相手にする場合や安全、確実、迅速《じんそく》になどという条件を求めるならば少数精鋭《せいえい》のほうが良いときもある。そこら辺りを考慮するなら赤城君か、磨島君の固定パーティーでいくのがベターだろう。

次の項目の「到達深度」は試験期間中にどこまで潜ることができるかという種目。とにかく奥の階層へ進むほど点数が入る。帰りの時間は考えなくてよいとのことだ。

7階くらいまでならメインストリートを歩いていけば敵とほぼ遭遇《そうぐう》せずに到達できるが、そんな階層では他のクラスと差は生まれない。おそらくメインストリートを歩いていても戦闘が起こる10階以降の階層が最低ラインとなる。だからこそ――

「この種目は、たとえ僕らのクラスの最高レベルを送ったとしても勝つことはできないだろう。点数配分は大きいが、ここは参加賞だけ狙っていく」

到達深度は上位クラスの独壇場《どくだんじょう》となるのは間《ま》違《ちが》いない。Aクラスには高レベルが揃《そろ》い踏《ぶ》み、Dクラスでさえ刈谷《かりや》のようにレベル10を上回る生徒もいる。Eクラスとしては参加賞だけ狙って主力を他の種目に回す、という作戦は妥当《だとう》だろう。

そしてこの種目には、1位のクラスの半分の階層以下しか到達できないクラスは失格となる厳しいルールもある。Aクラスのレベルから考えても8階くらいまでは辿《たど》り着かないと参加賞すら厳しい。

ならばいっそのこと、誰も登録しなければいいと考えてしまうが、参加者のいない種目を作ることは認められないため、誰かに貧乏《びんぼう》くじを引いてもらう必要がある。その辺り立木君はどう考えているのか。

4つ目の「指定クエスト」は指定されたモノを取ってこいという種目。

冒険者ギルドでも似たようなクエストが出されている。あれと同じで「ダンジョン産鉱石を取ってこい」「特定モンスターのドロップ品を持ってこい」というような内容だ。この種目をクリアしていくには戦闘能力だけではなく、ダンジョン知識もそれなりに求められる。ただ、端末の使用も認められているので、そのときに調べたり教え合えばいいだろう。

最後の「トータル魔石量」は、クラス対抗戦の期間中にクラスが獲得《かくとく》した総魔石量で勝負する種目だ。全種目の中で一番点数配分が大きく、最終的に1位を取れば他の種目の倍ほどの点数が入ることになる。Eクラスとしても最重要種目と言える。

魔石は最終的に集めた量と質で順位が決められ、買い取り価格が高いほど、また多く集めれば集めるほど評価が高くなる。しかし、Eクラスは他クラスよりも弱いモンスターしか狩れないため必然的に質より量で勝負せざるを得ない。

「この種目は他の4つの種目で得た魔石もカウントされる。つまりどの種目に配属されても余った時間で魔石を集めてもらうことになる。そして」

これとは別に、一番格の高い魔石を持ってきたクラスにはボーナスが加算される特別ルールもある。だがEクラスがそんな強いモンスターを倒せるわけもなく、このボーナスは最初から無いものとして扱うそうだ。

「立木、ご苦労。ではメンバーの振り分けだが、最初に希望を聞いておこう」

磨島君の合図により小さな用紙が配られる。これに名前と5つの種目の中でやりたいものを書いて提出せよとのことだが……さて、どれにしよう。普通にトータル魔石量あたりでモブらしくしておくのが目立たないので一番いい気がする。逆に着順を競う指定ポイントのような忙《いそが》しい種目は遠慮したいものだ。

「でもさ、到達深度って捨て種目なんだろ。やりたいヤツなんているの？」

クラスメイトが、当然の疑問を口にした。到達深度は先ほど立木君も「捨てている」と言っていたように、Eクラスでは勝ち目が無い種目。参加賞の得点だけは取りにいくようだが、それを貰う階層に行くにもリスクが伴う。

「やっぱり、使えない人がやるべきだよねー。他のクラスについていけば参加賞くらい貰えるでしょ」

「使えないヤツって……久我《くが》かブタオのどっちかじゃん」

「でも、あれ？　久我のレベルが6になってるぞ」

何やら不穏《ふおん》な空気になってきた。俺と久我さんが槍玉《やりだま》に挙げられているが、久我さんは《フェイク》の表示を変えて早速レベル6にしてきた模様。そんないきなりレベル6とかにして大丈夫なのだろうか。バレても知らないぞ。

「マジで？　計測してなかっただけかよ。ということはブタオに決定じゃん」

「クラスのためだと思って頼むぜ、ブタオ」

「ちょっと！　みんな待っ――」

サツキが何か声を上げようとしたもののリサがすぐに手を引っ張って制止する。そしてこちらを見て頷いてきた。もしかして俺に到達深度をやれということだろうか。

ゲームのときもクラス対抗戦というイベントは用意されていて種目も選べたが、その中でも到達深度は最難関種目だった。勝てばヒロインの好感度が上がるなどの特典はあれど、この序盤《じょばん》で上位クラスの最高位戦力と競うなどほぼ無理ゲー。刈谷イベントと同じく2周目専用イベントと評されていたほどだ。

もちろんリサは勝てと言ってるわけではないだろう。では何が狙いなのか。さっぱり分からん。

「成海ぃ、やってくれるか？　Eクラスの未来がかかっているんだ」

「えっ、未来？」

どうしたもんかと考えていると磨島君が俺の肩《かた》をポンと叩いてきた。Eクラスの未来とか言ってるけど、どうみても厄介事《やっかいごと》を押《お》し付けてるよね？　まるでヤバいところに出向させられる社畜《しゃちく》の気分だぜ。

でもまぁどうせ誰かがやるのだし、それならば引き受けてクラスメイトの好感度を稼いでおくのも悪くないかもしれない。

それに一人でやれるなら気が楽というのもある。端末を階層入り口にあるロッカーにでも預けておいて、余った時間は自由に行動させてもらいましょうかね。あれ？　そう考えると美味しい気がしてきたぞ。

みんなのためならば、といった感じに見せかけて笑顔《えがお》で了承すると、磨島君は「お前こそ期待の星だ」と機嫌《きげんよ》良く肩を叩いてきた。到達深度はクラスのリーダーとしても悩《なや》みの種だったのだろう。それが解決して気分よく進行してくれるならこちらとしても引き受けた甲斐《かい》があったってもんだ。

「成海以外はその用紙に希望種目を書いて俺か立木に渡してくれ。今日はこれにて解散する！」

各種目のグループは各個人の希望と戦力バランスをみて決めていくのだろう。今後はグループごとに集まって作戦会議なりダンジョンダイブするとのこと。ボッチ種目に参加する俺には関係無さそうだけど。

「サンキュー、ブタオ」

「参加賞だけは死んでも取ってこいよ！」

「これで足手まといの処理は片付いたな」

ふぅ、クラスの役に立つというのも気分がいいもんだぜ。ふんふんと妹譲《ゆず》りの鼻唄を歌いながら帰りの支度《したく》をしていると――

「ちょっと」

不機嫌《ふきげん》そうでありながらも、聞き取りやすく透《す》き通った声色《こわいろ》。そしてこの呼び方は幼馴《おさなな》染《じみ》のカヲルだな。

振り向いてみれば案の定カヲルがこちらを見ていた。ただし腕を組んで切れ長の柳眉《りゅうび》を若干寄せていることから、何か不満でもあるように見える。

「あんな安請《やすう》け合いして……大丈夫なの？」

安請け合いとは到達深度に決めたことを言っているのか。参加賞くらいは余裕で取ってこられるのでその点は心配無用だ。

「大丈夫だ。他のクラスについていって参加賞だけは必ず取ってくるさ」

「……もし戦闘にでもなったら、命の危険だってあるかもしれないのよ？」

それで何かあれば華乃が悲しむと柳眉を下げる。確かに俺のレベルがデータベースの表示通りなら、参加賞を取ってくるだけでも危険が伴う、か。

ブタオ視点でのカヲルはそっけないようにみえても、本来は面倒見《めんどうみ》の良い女の子。気苦労が絶えない性格とも言うが、心配させてしまったのは悪い気がするな。

「今度7階まで行くことになってるの。それで日曜日に――」

「カヲル。クラス対抗戦は俺と組もうぜ」

何か言おうとしていたカヲルの言葉は、しっとりとした低めの声により遮《さえぎ》られる。見れば金髪《きんぱつ》ロン毛が髪をかき上げながら近づいてきた。

「どの種目でもいいぞ……って、またセクハラでもされてたのか？　何かされたら俺を頼れよ。ワンパンでぶっ飛ばしてやるからよ」

「……そんなんじゃないわ」

こちらを訝しむように睨んできたと思ったら、拳《こぶし》を突き出してくる月嶋《つきしま》君。というか〝またってなんだよ。俺は高校入学以降、セクハラなんてしたことはないはずだぞ。たぶん。

一方のカヲルは、表情からして機嫌が急降下しているようにみえる。この分だと月嶋君は全く攻略が進んでいないようだ。とはいえ、ダンエクのヒロインは大抵《たいてい》チョロイン属性が付与《ふよ》されているため、この後も同じとは限らない。しかし――

とうとう俺の目の前でも隠《かく》すことなく口説くようになってきたな。ブタオマインドが酷くささくれ立ってしまうじゃないか。カヲルとは無理に近づかず距離を置いていたので、この強烈《きょうれつ》な恋心《こいごころ》も少しは落ち着いてきたと思っていたが、そうでもなかったようだ。

見ていてもモヤモヤとして気分が悪くなりそうなのでもう帰ってしまおうかと逡巡《しゅんじゅん》していると、背後からリサとサツキがとても親しげに話しかけてきた。

「お疲れ様《さま》～。でも期待の星って……ふふっ」

「もうっ、みんなソウタに押し付けて。酷いよねっ」

ここ最近に秘密協定を結んだことで、ダンジョン内外問わずとても仲良くしてもらっている。そんな彼女達に話しかけてもらえただけで気まずい空気が浄化《じょうか》され、活力が漲《みなぎ》ってくる。ありがたいことだね。

「ねぇねぇ、今週の日曜日って空いてるかな〜。買い物に付き合ってほしいのだけど〜」

「あれっ、早瀬《はやせ》さんと月嶋君？　何か話してたのかなっ」

サツキが俺の近くに立っていたカヲルと月嶋君に気づき、顔を見比べる。

「……別に。私はもう帰るから」

「おいっ待てよ、カヲル」

踵《きびす》を返すカヲルと、後を追う月嶋君。そんな二人の後ろ姿を見ていると再びモヤモヤとしてしまうのだった。

第05章 ✦ 立木直人①

—— 立木直人視点 ——

クラス対抗戦の説明を終えて帰り支度《じたく》をする一方で、クラスメイトは帰らず教室に残ってどの種目にしようかと話し合っていた。

彼らには希望種目を書く紙を渡してあるものの、実際には誰がどの種目になるのか半数はすでに決まっている。

僕は「指定クエスト」、ユウマは「指定ポイント」、サクラコとカヲルは「トータル魔石量」のリーダーをすることになっていて、そこに戦闘スタイルやレベルに応じてクラスメイトを分配し最適なグループを作っていく予定だ。なお、精鋭の磨島パーティーは「指定モンスター」に当たってもらうことになっている。

その他の戦略的に重要でない者は、人数の足りないところへ適度に振り分ければ良いだろう。

一方で足手まといと考えていた久我がレベル6になっていたのは嬉《うれ》しい誤算だ。この短期間で上げたというのは考えづらく、恐《おそ》らくレベル計測していなかっただけだろう。早々に種目配属先を修正しておかねばならない。

もう一人の足手まといに目を向けてみれば、神妙《しんみよう》な面持《おもも》ちのカヲルと何やら話していた。磨島は彼を適当に煽《おだ》てて捨て種目をやらせ、参加賞が取れれば儲《もう》けもの程度にしか考えていない。しかしレベル3程度では参加賞を取れる階層に行くこと自体、大きなリスクとなってしまう。成海もそれを理解しているなら無理することはないはずだが……カヲルはそれでも心配なのだろう。

以前に幼少からの知り合いと聞いてはいたものの、教室で話すようなことはほとんどなく、てっきり疎遠《そえん》な仲かと思っていた。しかし、あの様子を見る限りではそうでもないようだ。

そんな二人に空気を読まず割《わ》り込む月嶋。授業態度も悪く、最近ではカヲルに付きまとっている姿をよく見かける。負担になっているようなら注意の1つくらいしておくか。

(さてと。これから向かうは戦場。気を引き締めて……む？)

静かに気合を入れ、教科書が詰まったカバンを背負い立ち上がろうとすると、天上の使いが語りかけてくるような心地好《ここちよ》い声が耳を掠《かす》めた。思わずその方向へ僕の固有スキル

《聴覚強化《ちょうかく》》を使う。

「お疲れ様～。でも期待の星って……ふふっ」

「もうっ。みんなソウタに押し付けて。酷いよねっ」

知的で落ち着きがありながらも、どこかあどけなさを残している新田《にった》と、人一倍クラスのために動き、人情に厚い大宮《おおみや》。その二人が親しげな様子で成海に話しかけていた。先日の練習会でも成海と肩を寄せ合って談笑《だんしょう》していたのを見かけたが……とても気になる。

「ねぇねぇ、今週の日曜日って空いてるかな～。買い物に付き合ってほしいのだけど～」

一体どういう関係なのか懸念《けねん》していると衝撃の会話内容が聞こえ、思わずガタリと机を動かしてしまう。

先週あった学力テストではクラス一番の成績を収めた聡明《そうめい》なる新田。にもかかわらず何故《なぜ》あの男に構うのか。理数系はともかく文科系は平凡《へいぼん》。ダンジョンにおいては落ちこぼれで美男子というわけでもない。ただ単に孤立《こりつ》していたので同情しただけかと思って気にもしていなかったが……

そして僕に次いでクラス3位の成績を収めた大宮も成海に盛んに話しかける。それも相当に距離が近い。サークルを作ると決意に満ちた数日前の表情からは程遠く、楽しげな笑《え》みまで浮かべている。もしかして成海には隠された何かがあったりするのか？

でその場を後にし、未《いま》だ蒸《む》し暑《あつ》い教室の外へと足を踏《ふ》み出すことにした。

心頭滅却《しんとうめっきゃく》すれば火もまた涼《すず》し。心を乱されれば正しき未来も切り開けない。断腸の思い

（駄目《だめ》だ。この後のことに集中しろ）

校内を南北に横断する並木道に沿って北エリアへと赴く。この付近には冒険者学校の部室棟《とう》や訓練施設《しせつ》が密集しており、其処彼処《そこかしこ》で防具やジャージ姿の生徒が汗《あせ》を流し、部活動に勤《いそ》しんでいる。

そこからさらに東に数分ほど歩くと明らかに景観が変わってくる。ここは〝第一〟と名の付く部室があるエリアだ。部室といっても塀《へい》で囲われた広い敷地《しきち》に迎賓館《げいひんかん》のような豪奢《ごうしゃ》な屋敷《やしき》を構えているので、初めて来た人は戸惑《とまど》う他ない。

（これは……僕らが部活を作ったところで簡単に相手になるようなものではなさそうだ）

維持《いじ》するだけでも目の飛び出るような金がかかるはずだが、著名な貴族や大企業《だいきぎょう》から潤沢《じゅんたく》な資金提供を受けているので何の問題もないのだろう。そんな建物をいくつか通り過ぎ、目的の場所に辿り着く。

（ここか。第一魔術《まじゅつ》部の部室は）

石造りの塀の隙間《すきま》からみえるのはエメラルド色の屋根に白く輝《かがや》く外壁《がいへき》の洋館。

鉄製の門の前にはスーツを着た男が直立不動の姿勢で立っていた。僕が来るのを知っていたのだろう、こちらを一睨みしたかと思うと無言で門を開き、無愛想《ぶあいそう》に「ついてこい」と宣《のたま》う。それでは遠慮なく入るとしよう。

敷地の中に入れば玄関《げんかん》までのアプローチには竹が植えられており、幾分薄《いくぶんうす》暗く温度も低い。その竹は下から魔導具《まどうぐ》で照らされ幻想的《げんそうてき》な空間が作り出されていた。

（驚くほど静かだ）

距離的《きょりてき》には先ほどの生徒が沢山いた部室棟エリアと近いはずなのに、その喧騒《けんそう》が全く聞こえない。何らかの魔法処理がなされているのだろう。

そのままスーツの男の後をついて建物内へ入り、色鮮《いろあざ》やかな絨毯《じゅうたん》が敷かれた階段を上って2階にある応接間へと通される。中には赤く長い髪を編《あ》み込みサイドに垂らした小柄《こがら》な女性が、ゆったりとソファに腰をかけて微笑《ほほえ》んでいた。花柄《はながら》の刺繍《ししゅう》が入った黒いベルベットのマントには何らかの魔力が込められているのか、紫色《むらさきいろ》に怪《あや》しく輝いている。

「いらっしゃい、ナオちゃん」

囁《ささや》くように優《やさ》しく僕の名を呼ぶこの方は、一色乙葉《いっしきおとは》様。我が家《や》が代々仕えてきた子爵《ししゃく》家の嫡女《ちゃくじょ》だ。

現在は2年Aクラス。第一魔術部の部長にして八龍《はちりゅう》が一人。つまりは冒険者学校における最高位の魔術士であり、大派閥《だいはばつ》を率いる八人の権力者のうちの一人ということだ。そんな人物に昔と同じように呼ばれたことに、気恥《きは》ずかしさと嬉しさがこみ上げる。

黒いレースの手袋《てぶくろ》をした手で対面のソファに着席を促《うなが》されたので一礼し、そのまま座ることにする。

「ご無沙汰《ぶさた》しております、乙葉様」

「ええ。4年ぶりですか」

彼女が冒険者中学校に行って地元を離れてから今日まで約4年。長くもあり短くもあった。本来ならばもっときちんとした出会いを計画していたのだが。

それにしても。学校に入る前までは病弱で色白だったというのに、今の乙葉様は見違《みちが》えるように顔色が良くなっている。レベルアップによる肉体強化の恩恵《おんけい》だろうか。

「大分お元気になられたようで。御高名《ごこうめい》はどこにいても聞き及《およ》んでいました」

「そうですか。色々ありましたからね」

この国どころか海外にも響き渡る、一色乙葉の名。彼女が家を継《つ》ぐことになれば伯爵位《はくしゃくい》へ陞爵《しょうしゃく》することも夢ではないと言われるほどの稀有《けう》な才能の持ち主。それだけに酷く忙しい身だと聞いている。

今日も第一魔術部の仲間と深層のダンジョンにダイブしていたところ、無理を言って彼女の固有魔術《テレポート》により抜け出してもらい、この場を設けてもらっている。本来なら常に取り巻きが傍《かたわ》らにおり、Ｅクラスの僕ごときが近づけるようなお方ではない。前々から他の部活メンバーがいなくなるこの状況を狙って接触《せっしょく》を試みていたのだ。

「ナオちゃんはどうですか？　何か相談したいとのことでしたが」

「はい。折り入っての話があり参った次第《しだい》です……が」

時間がないので単刀直入に本題に入りたいところではあるものの、彼女の後ろには先ほどのスーツの男と、もう一人スーツ姿の女が立ったまま控えている。年齢的《ねんれいてき》にどちらも20歳をとうに超えているので生徒ではなさそうだ。いったい何者だろうか。

「あぁ、こちらの者達はお構いなく。他言の心配もありません」

「……承知しました。それでは」

話したいこととはもちろんＥクラスの窮状《きゅうじょう》報告、並びに直訴《じきそ》。八龍である乙葉様にそんなことを話したと知られれば上位クラスや上級生に目を付けられ、より敵対的な行動を起こされる可能性がある。内密に会って話をしたかったのだ。

だが他言しないと言われてしまえばもう何も言えない。気にしないで話すことにしよう。

まずはEクラスの冷遇《れいぐう》について。部活動勧誘《かんゆう》式であったように上位クラスから蔑視《べっし》されていることは明白。近頃《ちかごろ》は段々と酷さを増しており、それらに対する学校の無関心な態度も目に余る。

そう報告すると乙葉様は少し顔を伏《ふ》せて考《かんが》え込《こ》む仕草をする。慈愛《じあい》に満ちたお気持ちを利用するようで心苦しいが、僕としても他に手段がない。包み隠さず伝えることにした。

「……そうですか。その他にはありますか？」

もちろんある。次に部活創設の際に融通《ゆうずう》を利《き》かせてもらえないか願い出てみる。Dクラスとの決闘《けっとう》に負けたことにより自分達で部活を作ることを禁止されたからだ。

大宮も生徒会に掛《か》け合っているようだが、聞き入れてもらえるどころか門前払《もんぜんばら》いになるだけだろう。しかし八龍の一角である第一魔術部が動くのなら話は別。いくら生徒会といえど乙葉様を無下にはできないはずだ。

「決闘……そういえば、1年生の恒例《こうれい》行事となっていましたね」

恒例行事。まさかそんなことを毎年やっていたのか。ならば背後にDクラスより上の存在がいるのは確実。部活動の頂点にいる立場として何か知ってはいないだろうか。

「なるほど、なるほど。ところでナオちゃん。この学校は何を目的にして動いていると考えていますか」

いきなり何の質問だろう。学校の目的……

「入学式のときに学長代理が仰《おっしゃ》っていました。国民の期待に応えるべく真の冒険者を育てる、と」

「ええ。ですが、別の目的もあるのです」

ゆっくりと立ち上がり憂《うれ》いを帯びた表情で窓の外を眺める乙葉様。〝別の目的〟とは、冒険者の育成以外に何があるというのだ。

「まずはそうですね。この国の現状から説明しましょう」


今は激動の時代。

かつての世界では経済力や軍事力、資源の多さがものを言っていた。しかし人工マジックフィールドが発明されて以降は、強力な冒険者の存在も重要項目となり、世界秩序《ちつじょ》やパワーバランスに大きく影響《えいきょう》を及ぼすことになった。

自《おの》ずと各国が冒険者育成に心血を注ぐわけだが、我《わ》が国《くに》も例に漏《も》れず莫大《ばくだい》な資金を投下し育成に励《はげ》むことになる。そのおかげか強力な冒険者を何人も国内から誕生させることができた。昨今では男爵位《だんしゃく》を叙爵《じょしゃく》したカラーズのクランリーダー、田《た》里《さと》虎《こ》太《た》郎《ろう》などが有名だ。

こういった非常に優秀《ゆうしゅう》かつ功績を残した者には貴族位という餌《えさ》を与え、国に忠誠を誓《ちか》わせ、国威《こくい》とする。これが我が国の冒険者政策の根幹となっている。そういった経緯《けいい》で新たに貴族となった者――新貴族と言われている――は、配下である攻略クランを背景に人と金を集め、急速に大きな力を付け始めている。政府はそれを容認《ようにん》している。

片や、明治時代から続く従来の貴族――今は区別して古貴族という――にも強力な社会特権や既得《きとく》権益があり、それらにぶら下がっていた企業《きぎょう》や団体も多く、力も強大であった。だが最近ではそういった組織も羽振《はぶ》りの良い新貴族に次々と寝返《ねがえ》っている。それどころか身内であったはずの士族の裏切りまでもが絶えないという。これは血と伝統を重んじてきた古貴族にとって脅威《きょうい》であり恐怖《きょうふ》そのものでもある。

そこで取った手段は2つ。

1つは新貴族に負けないよう、血族を強力な冒険者に育てること。多額の投資をして強力な装備を持たせ、屈強《くっきょう》な冒険者を雇《やと》ってパワーレベリングを行うのだ。それこそ庶民《しょみん》では太刀《たち》打ちできないほどに。この学校に多くの従者を引き連れている貴族が多いのはそのためだという。

もう1つは田里のような新貴族がこれ以上生まれないようにすること。全国から優秀な庶民が集まる場を利用して、芽が出る前に叩《たた》き潰す、もしくは隷属《れいぞく》させる。そのために古貴族達はあらゆる手を使って冒険者学校の理事会を掌握《しょうあく》したのだ。

「理不尽《りふじん》な。そんなことをしていては国が腐《くさ》って駄目になってしまう」

「それほどまでに我々の危機感は大きなものなのです」

何よりも家の存続を重視する古貴族。それが新貴族の台頭により、追いやられ途絶《とだ》えてしまうかもしれない。既得権益に縋《すが》る古貴族の立場は狭《せま》く、脆《もろ》いのだ。

それを阻《はば》むためなら多少の理不尽なんて気にしない。闘技場《とうぎじょう》での騒《さわ》ぎも、部活動の参加制限も、全ては古貴族とその一派が作り出し慣習にしたもの。同時に学内で自分達の影響《えいきょう》力《りょく》を高めて強化を図《はか》る。八龍という概念《がいねん》もそこから生まれたのだという。

ゆっくりと息を吐《は》き「それがこの学校の、もう1つの目的です」と告白する。だが、当然のようにEクラスへの追撃《ついげき》が終わったわけではない。

「そういえば、そろそろクラス対抗戦がありますね。裏ルールは知っていますか？」

「裏ルール……いえ、存じません」

頷くように「そうでしょう、では特別に教えて差し上げます」と言う乙葉様。

「種目を遂行《すいこう》する上で、助《すけ》っ人《と》を頼んでもよいというルールです。貴族が多いAクラスは沢山の従者を従えて挑むことでしょう。ナオちゃんのクラスに助けを求める当てはありますか？」

「なっ⁉　それでは公平な試験になどなるはずが……いや。公平など端《はな》からどうでもいいのか……」

考えてみれば、ダンジョン内で生徒を監視《かんし》するものはこの腕の端末しかなく、誰かが暗躍《あんやく》したところで知る由もない。いくらでも不正を行える環境だ。もとより、勝負する気などないのかもしれない。

絶望により項垂《うなだ》れそうになる。僕達が決死の思いでしてきた努力とは何だったのか。どう足掻《あが》こうと這《は》い上がる道などないのか――

「這い上がる方法ならありますよ？」

「そ、それは何ですか」

まるで僕の心の中を覗《のぞ》き込んだかのように考えていることを正確に言い当ててくる乙葉様。つい縋りつくように聞き返してしまう。僕の返答を聞くとさっと手を上げて後ろに控えていた二人に何かの指示を出す。すぐに二人は腕を捲《まく》り、入《い》れ墨《ずみ》のような紋様を見せてきた。

「これを身に刻み、我々に忠誠を誓うという方法です。であれば、理事会もあなたを標的にしなくなるはずです」

それは禁忌《きんき》とされた、身に刻むタイプの契約《けいやく》魔法ではないか。契約者《けいやくしゃ》の人権を侵《おか》すため国際法により禁止されており、政府も厳しく取り締まっているはず。それを何故……目の前の少女が口《くち》の端《は》を緩やかに上げるとやや前のめりになり、暗い瞳で覗き込んでくる。そして囁くように、諭《さと》すように語りかける。

「私が働きかければ、Dクラスへの編入も可能です。第一魔術部への入部も許可しましょう……いかがしますか？」

あの美しく心優《こころやさ》しいはずの乙葉様が、何か恐ろしい怪物《かいぶつ》に見えてきた。

第06章 ✦ アレの催促《さいそく》

「わぁー。こんな場所、本当にあったんだねっ」

「誰もいないのは静かでいいけど～。やっぱり寂しいものね～」

「何か掘《ほ》り出し物はないかなぁ～ふんふん♪」

10階ゲート前広場。今日はサツキ達がジョブチェンジしたいということで付き合いのため来ている。妹はこの店の物色が大好きらしく、当然のようについてきた。

「こんにちは！　また来たよ、お姉さんっ！」

「あらぁ、いらっしゃい。今日は〝アレ〟を持ってきてないのかい？」

俺達がアレを持ってきてないと分かるや否や、項垂れるようにがっかりするフルフル。すっかりアレ依存症《いぞんしょう》になっていらっしゃる。そんなに欲しいなら自分で取りにいけばいいと思うものだが、フルフルは何らかの理由で特定の階層にしか移動できないと言っていたので、欲しい物は冒険者に依頼《いらい》しているのだ。しかしながら、ゲームのときと違ってこの店には冒険者がほとんど来ない上、ブラッディ・バロンを倒しているのは恐らく俺達のみ。

来る度に次のアレはどうなのかと催促されている。

とはいえ、ブラッディ・バロンを呼び出すためのアイテムを集めるだけでも大変なのだからそう簡単に毎回持ってこられるわけがない。そう伝えるとフルフルは人差し指を口元にあてて一瞬《いっしゅん》考える仕草をしたと思ったら「ちょっと待ってなさいな」と言って店の奥へすっ飛んでいく。そしてゴツくて巨大なハンマーを手に持ち戻《もど》ってきた。

それは……ブーストハンマーか。魔力を込めてハンマーを振るうと後ろ側が爆発して衝撃を高めてくれるマジックウェポンの一種。しかも炎のエンチャントがかかっているのか、時折赤く揺らめいている。買うとなると１０００リルはくだらない。現時点では持っている資産を全てかき集めても買うことは不可能な高級武器だ。

「これなら15階のアンデッドなんてイチコロだよぉ」

「まぁそうですけど……え、くれるの？」

そのかわりアレ、つまりは［怨毒《えんどく》の霊魂《れいこん》］を10個以上持ってこいって、そうまでしてあの不気味な物体を食べたいらしい。報酬先払《ほうしゆうさきばら》いの新たなクエストと考えていいのだろうか。

しかし、これがあれば親父《おやじ》とお袋も処刑場の早期デビューができるかもしれないな。

もう1つくれないかとずぅずぅしいことを言ってみると、なんと倍の数を要求してきた。

どんだけ食いたいんだ……

「そんなのってズルいよっ！」

今後しばらく続くであろうモグラ叩き生活に戦々恐々《せんせんきょうきょう》としていると、商品棚《しょうひんだな》のほうから悲痛な叫びが聞こえてきた。何事だろう。

「きっとたくさん連れてくるよ～特にAクラスは」

「あんなにみんなやる気をだして……練習も頑張ってたのに……」

クラス対抗戦の裏ルールの話か。Eクラスには秘密にされているけど、実は対抗戦では助っ人の参加が暗黙《あんもく》の了解《りょうかい》として認められている。高位冒険者の人脈を持っていることも実力の一部とか言っているけど、それはただの口実。従者を多く従える貴族が常に勝てるようなルール作りを強引に推《お》し進《すす》めただけだ。ついでに人脈がなく従者もいないEクラスを叩くためのものでもある。

「助っ人がありっていうことは、私も出られるのかな？」

妹がこてりと頭を横に倒し、どさくさに紛《まぎ》れて出場できるのかと聞いてくる。

「面倒《めんどう》な奴らも出てくるからお前は駄目だ」

「サツキねぇリサねぇ！　おにぃがまた私を除《の》け者にしてくるのっ！」

そーら始まったぞ。泣きついて俺を悪者に仕立て上げようとする悪癖《あくへき》が。

「でも他のクラスが助っ人頼むなら～私達も呼んでいいのかな～？」

「華乃《かの》ちゃんが来てくれたら、それは助かるけど」

肯定《こうてい》っぽいセリフを二人が言うと、言質《げんち》は得たとばかりに抱《だ》き着き二人に見えないようにニヤリとする妹。だが今回だけは認めるわけにはいかない理由もある。

「うちのクラスにはカヲルだっているんだ。バレたら面倒なことになるんだぞ」

「ふんっ。あの女に人を見る目なんて無いし。絶対に参加するからね！」

駄目だと言っても「これは将来を見据えた社会見学だっ」とごね始める。あぁ言えばこう言う。このままだと黙《だま》って参加してしまいそうだし、それなら条件を付けて短時間の見学くらいは許したほうがいいのかもしれない。正体を隠すアイテムでも買っていくか。

「でもAクラスってどれくらいの実力なのかなっ。レベルが凄く高いって聞くけどっ」

「私達が相手にするのは～AクラスではなくDクラスだよ～？」

「そ、そうだよね。一歩ずつ頑張らないとねっ」

恐る恐るAクラスの実力を聞いてくるサツキ。AクラスはEクラスと比べて個々のレベルが非常に高く、さらに装備やスキル、経験などを加味した場合、Eクラスとは比べ物にならないくらい総合力に差が出てくる。助っ人の存在があろうとなかろうと勝てる要素はほぼ皆無《かいむ》。たとえレベル20の俺が暗躍したとしても無理だろう。そも、今の時点で彼らを相手にする必要もなく、まずは地力を付けてDクラス打倒《だとう》を優先すべきなのだ。

「Dクラスだと助っ人は誰を呼んできそうかなっ？」

「いつも話してるクランじゃないかな～。教室で自慢《じまん》してた……〝ソレル〟だっけ」

「ソレル？　私の足を斬ったバカクランの⁉」

Dクラスの奴らは事あるごとにEクラスの教室まで来て、ソレルという攻略クランに身内がいるのだと自慢していた。しかしそのソレルは以前、妹の足を斬りつけ囮《おとり》にしたメンバーもいる因縁《いんねん》の敵でもある。

向こうは俺達のことなんて覚えちゃいないかもしれないが……出会ってしまったらこっそりブチのめすくらい許してもらえないだろうか。Dクラスの何人かにもお仕置きしておきたいし、良《い》い機会かもしれない。念のため鑑定阻害《かんていそがい》か認識《にんしき》阻害系あたりを買っておくか。

奇怪《きかい》なアイテムが陳列《ちんれつ》している商品棚から、目当てのアイテムを物色する。

まず手に取ったのは素朴《そぼく》な見た目の［道化《どうけ》の仮面］。これは鑑定系の魔法から身を守る効果がついている、ありふれたマジックアイテムだ。ステータスを偽装《ぎそう》する《フェイク》とは違い、鑑定行為《こうい》を直接阻害し失敗させる効果がある。《簡易鑑定》はもちろん、上位である《鑑定》にもある程度抵抗力《ていこうりょく》を持っているが、何度も使われると突破《とっぱ》されてしまうのでそこは注意したい。

そしてダークホッパーという巨大なカエルの皮でできた焦《こ》げ茶色《ちゃいろ》のローブ。これを着た者は存在感が希釈《きしやく》され、記憶しにくくさせたり気付かれにくくなる効果がある。ただしモンスターには効かない対人専用のアイテムだ。ダンエクでは初心者ＰＫ御用達《ごようたし》ローブと言われていた。

どちらも狩りをする上では必要がなく購入《こうにゆう》を後回しにしていたけど、今後起きるかもしれない対人戦を考えれば認識阻害系アイテムの一つ二つは持っておいたほうがいいだろう。ということで人前に出たいならこれを付けろと妹に言ってみる。

「どっちもダサいっ！　これ仮面っていうかただの古びた木のお面だよねっ。こっちのは茶色の皮に首を通す穴が開けてあるだけの貫頭衣《かんとうい》だし。もっと可愛《かわい》いのが良い！」

確かにダサいかもしれない。が、正体を隠す目的で買うのに可愛くしてどうするんだと多少の押し問答《もんどう》をしながら文句たらたらな妹をなんとか説得。今は手持ちのリルがそれほど多くないので妹の分だけ購入することにした。

華乃はしばらくふて腐れていたものの、今はサツキとジョブチェンジの話に花を咲《さ》かせている。そんな姿を微笑ましく見ているとリサがこっそり話しかけてきた。

「ゲームだとあの仮面もローブもほぼ無価値だったのにね〜。私もいざという時のために揃えておこうかな〜」

「何をするにも命がかかっているからな……そういえば、聞きたいことがあったんだ」

「ん～何かな～？」

リサは頭の回転が速すぎるせいなのか度々《たびたび》話が飛んだり、よく分からないジェスチャーをしてくることがある。なのでこれからも連携《れんけい》ができるようしっかりと意思疎通《そつう》をしていきたい。

「種目決めのとき、どうして俺に到達深度をさせたかったんだ？」

「ふふっ。一番適任だというのもあるけど～……」

クラスで俺が到達深度をやらされる流れになったとき、見かねたサツキが待ったを掛けようとした。それをリサが手で押《お》さえ、再び流れに任せたことがあったのだ。

「多分、Ａクラスの到達深度にはあの〝首席〟が参加してくるはずでしょ～？　彼女がどっちの方向に進むのか、ソウタに見極《みきわ》めて欲しいの」

「次期生徒会長となり味方《ヒロイン》になるか……ピンクちゃんのライバルとなり敵《ラスボス》になるか、か」

冒険者学校1年の首席で次期生徒会長の世良桔梗《せらききょう》。日本では数少ない【聖女】の血族であり、侯爵《こうしゃく》位を持つ名家の令嬢《れいじょう》だ。余談だが俺の最推しのキャラでもある。

ゲームでは赤城君、もしくは男性カスタムキャラで攻略可能で、ヒロインとして一、二を争うほど人気があるキャラであった。その反面、三条《さんじょう》さんもしくは女性カスタムキャラでプレイすると厄介な敵として登場するシナリオもある。

今の俺は世良さんに接近して攻略しようなんて考えていないし、遠目から愛《め》でるだけで十分。赤城君か他の誰かが彼女を攻略するというのなら任せればいいと思っていた。だが、この世界の主人公が女性だった場合、世良さんは大災害を引き起こす可能性もある。そのことをすっかり失念していた。

「ソウタは男性キャラでしかプレイしたことないから、色々と情報が抜けているのよね～」

「まぁな……時《とき》すでに遅《おそ》しだ」

BLモードや女性主人公に詳《くわ》しいリサがいてくれて正直助かった。俺だけではこの世界を上手く乗り切れなかっただろう。

「あとは～首席に視てもらうのもいいかもしれないわね」

「あぁ、そんなスキルもあったな」

最強ヒロインとも言われている世良さんはその批評に違《たが》わぬ強力な固有スキルをいくつも持っており、その固有スキルの一つに対象の未来が見える《天眼通《てんげんつう》》という魔眼スキルというものがある。初めて会うような人にでもその魔眼を気軽に使い、未来を言い当てる癖《くせ》があるので、どうせなら視てもらったらいいとリサは言っているのだ。

もちろん興味はある。《天眼通》はかなり詳細《しょうさい》に直近の未来が視えるようで、ゲームでもキャラ育成やイベントの進行具合が上手くいっているか占《うらな》う点で重宝していた。本当はリサも視てもらいたかったようだが、自身が主人公である場合、世良さんが敵に回ってしまう可能性も捨てきれないためあまり近づきたくないとのこと。随分《ずいぶん》と慎重だな。

しかし俺の未来か。どうなってるのだろうか。学校では上手くやっていけるのだろうか。もしかしたらひょんなことから可愛い子に告白されてキャッキャウフフしてたりしないかしらん。いや、それ以前に退学していたりして。

「でも到達深度にはBクラスのあの人も参加してくるから気を付けてね～？　色々と気難しそうだし」

「あぁ。アイツを倒すのは赤城君達だ。俺はひっそりと見守っておくことにするよ」

Eクラスいじめの主犯格の一人、1年Bクラス周防皇紀《すおうこうき》。強烈な貴族主義、かつ選民思想の持ち主だ。八龍のいくつかとも繋がっており、裏で刈谷《かりや》に指示を出しEクラスに仕向けたのもコイツ。本来はストーリーを進めることで黒幕が周防だと発覚するのだが、俺達はプレイヤーなので当然そのことを知っている。

メインストーリーでは、いずれのシナリオでも主人公の前に立ちはだかり、何度も敵対し争うことになる。それらを無事乗り越《のこ》えることができたなら主人公とそのパーティーは精神的にも肉体的にも大きく成長していけるので、失敗でもしない限り俺が介入《かいにゅう》すべき相手ではない。

少なくとも現時点の周防は主人公ではなく次期生徒会長にご執心《しゅうしん》なので、Eクラスを本気で潰そうなんて思っていないはず。今回のクラス対抗戦は様子見で良いだろう。

「さくっと参加賞だけ頂いて後は好きに行動するさ」

「ふふっ。ソウタなら何の問題もないよね～」

到達深度は首席が率いるAクラスとトップ争いをするならともかく、参加賞だけを狙うなら俺にとって実にイージーな仕事だ。むしろ待ち遠しいまである。ゲームで推していた次期生徒会長に間近でご対面できるだなんて、何だかドキドキが止・ま・ら・な・い♪

「おにぃー【ローグ】になったよー！　……って。何でそんなくねくねしてるの」

「ほんとにそんなジョブあったんだねっ、凄いよ華乃ちゃんっ！」

どうしても《シャドウステップ》を覚えたいということで、その前提ジョブとなった妹。【ローグ】はDLCにより追加されたものなので世間一般では知られていないのだろう、サツキが目を輝かせて「凄い凄い」と連呼している。

「それじゃ俺もやってくるか」

「私もジョブチェンジしてこよっと～」

もうすぐ始まるクラス対抗戦。赤城君やカヲル達は無事に上手くやれるだろうか。クラスメイト達も頑張っているようだし少しは報《むく》われて欲しいものだ。

第07章 ✦ 新・マニュアル発動

「指定モンスター班、俺についてこいっ」

「みんな行こー！」「おうっ！」

ホームルームが終わり放課後になるや否や磨島《まじま》君が「ダンジョンに行くぞ」と声を上げ、クラスに号令をかける。後に続くは磨島君と一緒にダンジョンに潜っているEクラスの精鋭達。常日頃《つねひごろ》からパーティーを組んでいればどう動けばいいか理解が進み、連携も取りやすくなる。強敵相手でも好成績が期待されているグループだ。

「あたしも磨島君と一緒のグループが良かったなぁ～」

「あんたレベル足りてるの？　指定モンスターって指定ポイントの次くらいに大変みたいだし」

「なら立木《たちぎ》君がリーダーやってる指定クエストとか狙《ねら》い目《め》だったのかなぁ」

近くで座っている女子が愚痴《ぐち》を零《こぼ》す。磨島君はレベルが高く、リーダーシップもあるためクラスではとても人気が高い。彼の所属するパーティーに入りたいという人が後を絶たないのもそのせいだ。

もう一つの人気パーティーである赤城君達はどうしたかというと赤城君パーティーを各種目に分散させ、それぞれグループリーダーをやってもらうことになっている。責任感が強く、頭もよく回る彼らには適任だろう。そのグループリーダー達の席の周りにクラスメイト達が集まっている。

指定クエストは立木君。指定ポイントは赤城君。トータル魔石量はピンクちゃんとカヲルのところにメンバーが輪になってミーティングだ。

ちなみにリサは指定クエスト、サツキはトータル魔石量へ配属された模様。各種目の参加者の顔ぶれを見る限り、レベルや能力を上手く考慮して振り分けているように思える。事前に種目希望用紙を配っていたがそれは建前で、裏で立木君あたりが決めていたのかもしれない。

その立木君はなんだか元気が無く上の空。ぼーっとしているところ、頬《ほお》をリサにつつかれ慌てている。普段《ふだん》の彼は裏で色々と動き回ることが多いので、多少の気の緩みは温かい目で見守ってあげるべきだろう。

と、いうような感じで放課後の教室はクラスメイト達が作戦や練習方法を積極的に提案し合い、活気に溢《あふ》れている。勢い余ってこれからダンジョンに入ろうとするグループもあるようだ。

一時期はどん底まで叩《たた》き落とされ一様に暗い目をしていたというのに、今の皆からは必死になって奮い立とうとする気概《きがい》を感じる。そんな姿を見ていると陰ながら応援《おうえん》したくなるものだね。

で。一方の俺はといえば。

種目をこなす上で特にやることはなく、かといって期待されているわけでもなく。このまま帰っても誰にも気づかれることもなく。つまりは以前と同じくボッチ状態なのである。なーんてね。今日は色々とやることがあるので忙しいのだ。別に独り身が寂しいとかそんなのではないよ。ほんとだってば。

学校から出ると真《ま》っ直《す》ぐに冒険者ギルドへと向かう。学校に隣接《りんせつ》するように建っているので行くだけならすぐである。1階ロビーの広間から何レーンもあるエスカレーターを上っていくと、以前に魔狼《まろう》装備を買った防具店が見えてくる。

その店の入り口では山賊《さんぞく》のような髭《ひげ》モジャの大男が似合わない笑顔で客寄せをしていた。あの強面《こわもて》では客が逃げるだけなので誰か愛想のいいバイトでも雇えばいいのに……と思わなくもないが、とりあえず声をかけてみよう。

「こんにちはー、防具を頼んでいた者ですけど」

「んぁ？　おう、あんたか。オヤジィ！　客がきたぞー！」

「デケェ声だすんじゃねぇ！　聞こえてるよ！」

店主が「オヤジ」と呼ぶと、店の奥から負けないくらいの大声を出して現れたのは、つなぎを着た如何《いか》にも気難しそうな白髪《しらが》の爺《じい》さん。ダンジョン金属加工の界隈《かいわい》では結構有名な人らしい。

「どうも。できてますかね？」

「もちろん。こっちだ、奥にある」

店の奥にある部屋に通されると作業台の上に沢山のケーブルに繋がれた〝小手〟が2組あった。どちらも白銀色の光沢《こうたく》をしており眩《まぶ》しく輝いている。爺さんは付いているケーブルを手早く外すと片方を俺に手渡《てわた》してきた。

「大量の魔石を消費した甲斐あって上手く加工できてるだろ。付けてみ」

俺がこの爺さんに頼んでいたのは純度１００％のミスリルの小手。フルフルのクエストを熟《こな》すべく大量のアンデッドを狩り、山ほどミスリル合金を運び続けた。本来なら高純度のミスリル合金製武具を作ろうと考えていたのだが、想定以上の量が手に入ったため、どうせならと純ミスリルの武具を作ってみたというわけだ。

ミスリルの加工には大量の魔力が必要であるものの、モンスターレベル16の魔石なら腐るほどある。それらを湯水の如く使って魔導具から魔力を流《なが》し込み加工してもらった。ちなみにミスリルは融点《ゆうてん》が高すぎるため、溶かして加工する方法は使えない。

「では早速」

手に取ってみると、とにかく軽い。まるでプラスティックのオモチャを持っているかのよう。水に浮くとまでいわれる軽さは本当だったようだ。

次に手に付けてみる。サイズ調整が自由にできる機構となっており圧迫感《あっぱくかん》もなく装着具合もいい感じだ。

「いいですね。これなら痩《や》せても使い続けられそうです」

「久々に純ミスリルを扱ったよ。いい仕事させてもらったぜ」

ミスリル鉱石の採掘《さいくつ》ができるようになるのは通常20階を越えてから。しかしその階層にいける冒険者は少なく、いたとしても鍛冶師《かじし》を抱えてる大規模クラン所属の冒険者ばかり。しがない爺《じじい》に任せてくれる冒険者は減ったと嘆《なげ》いている。

「そんで、色付けもしていくとか言っていたが」

「この反射は目立つのでお願いできますか」

「魔導具でメッキ塗装《とそう》でも施《ほどこ》しておくか。もう1セットもやっとくから明日にでも取りにきな」

純ミスリルの光沢は鏡のように反射するので見る人が見ればすぐに分かってしまう。この小手も買うとなれば軽く一千万円を超えるほど高価なので、余計なトラブルを回避するためにも塗装はしておくべきだろう。表面処理や金属光沢のパターンを変えることができる便利な魔導具があるらしいので、それを頼むことにした。ちなみにもう1セットの分は妹のだ。

「しかしこれだけのミスリル合金を取ってくるたぁ、この前まで魔狼防具を着ていた兄ちゃんとは思えないぜ」

メッキ塗装の依頼書《いらいしょ》を作ってもらっている間に山賊――のような店主が話しかけてくる。男子三日会わざれば何とやらというし、お年頃《としごろ》の男の子は成長が早いのだ。このままモグラ叩きを続けていけば、成海家全員が純ミスリル防具に覆《おお》われる日も遠くはない。

「いい狩場を見つけたので。また取ってきたら精錬と加工お願いしていいですかね」

「おうよ。オヤジも喜ぶだろうさ」

ゲーム知識に該当《がいとう》する鍛冶職人は腕は良いけど面倒な立場だったり性格が破天荒《はてんこう》だったりするので、あの爺さんを知れたのはよかった。余計な詮索《せんさく》をしてこないし。

さて。時間もあることだし、この後はダンジョン内で実験でもするか。

ダンジョン1階、入り口広場。

30分ほど並んでやっとこさダンジョンに入っても中の混雑具合は変わらず。さっさとこの人混みから逃《のが》れるためにも適当に歩くとしよう。

今日やりたいことはリサから教えてもらった〝新・マニュアル発動〟の実験。自分の部屋でも何度か試していたのだけど、狭い部屋では多量の魔力を使ったり体を動かす実験にも限度がある。そこでアクティブモンスターがおらず、思いっきり動けるダンジョン1階までやってきたわけだが……

しばらく歩いてみたものの、ある程度の広さの場所はどこもすでに利用されており休日の公園状態。冒険者学校の生徒でもない一般冒険者は、日頃《ひごろ》こうしてダンジョン1階の空きスペースを使って訓練しているため場所の取り合いになっているのだ。

それでも10分も歩けば空いている場所の一つくらいは見つかる。30m四方くらいの空間には誰もおらず、スライムがポヨンと数匹《すうひき》転がっているだけ。ここを使わせてもらうとしようか。

早速《オーラ》を発動する。オート発動だと全身から気が不規則に放出され周囲に霧散《むさん》してしまうが、マニュアル発動なら放出に指向性を持たせることも可能だ。見よ、俺のオリジナルスキルを！

「オーラミサイルッ！」

通常、《オーラ》の有効範囲は20mほどだが指向性を持たせれば倍くらいまで飛ばせるようになる。遠くにいたスライムに当てると慌てて飛び跳《は》ねて逃げていくのが面白い。

「スライムごとき相手ではないわっ！　ふぁーっはっは……はぁ。真面目にやるか」

次は《オーラ》の放出を右腕からのみにしてみる。すると濃密《のうみつ》な《オーラ》が右腕だけに集まり、まるで青い炎で燃えているような見た目になる。これができるようになったのもつい昨日のこと。

近くの岩壁《がんぺき》にこの状態のまま手をゆっくりと当ててみる。すると触れた瞬間にピシリと音を立てながら罅《ひび》が入り、数cmほど押《お》し込むことができた。

「さすが上級職のスキル。ＭＰ使用量はデカいが威力は凄そうだ」

これは上級職【オーラマスター】が覚える《魔闘術》というスキル。俺のスキル枠《わく》には入っておらず、リサから教えてもらった《オーラ》の流れを操作する方法で発動している。貴重なスキル枠を占有《せんゆう》しないのは嬉しい限りだ。

この状態で殴《なぐ》れば無属性魔法がエンチャントされた攻撃となり、同時にこの青く覆われた部分は防御力《ぼうぎょりょく》が大きく増すのでガードにも使える。今後、強敵と戦うことがあるなら大きな武器となるだろう。弱点としてはＭＰ消耗《しょうもう》が大きいことと、体の一部分しか覆うことができないことだが、そこは用途《ようと》で使い分けていけばいい。

「それじゃ次は《ハイド》でもやってみるか」

部屋の中央辺りに座って目を閉じ、先ほどとは違った《オーラ》操作を試みる。通常、人であれモンスターであれ《オーラ》を使っていないときも微弱《びじゃく》ながら気が漏れ出ているものだが、《ハイド》はそれを完全に閉じて気配を消す効果がある。モンスターから隠れるときなどには有用なスキルだ。

「無になる……無になる……むぅ……。しかしこれ、自分じゃできているのか分からん」

完全に閉じれているはずだが一人ではスキルが成功しているのか判別できない。どうしたものかと考えていると向こうからプロテクター装備をした男女が10人ほどやってきた。

胸元《むなもと》には冒険者学校の生徒を示すバッジが付けられている。どこのクラスだろうか。

「ここを使うとしようか。メイ」

「かしこまりました、鷹村《たかむら》様。皆の者、ここを陣とするぞ」

集団の中心にいる赤毛で長身の爽《さわ》やかイケメンは、Cクラスのリーダーの鷹村将門《まさかど》君か。

「十羅刹《じゅうらせつ》」というクランを作ったリーダーの嫡子《ちゃくし》だ。ちなみに十羅刹は貴族との争いも辞さない武闘《ぶとう》派攻略クランとして有名で、ゲームのストーリーでも度々登場する。

その鷹村君の隣にいるのは士族だろうか。ショートヘアでおでこがチャームポイントの可愛い女の子が声を張り上げ指示を飛ばしている。Cクラスはここを練習拠点《きょてん》とするようだ。

しかし困ったぞ。

（もしかして《ハイド》している俺に気づいていない？）

想定以上に隠密効果が高くて驚く反面、ここでスキルを解いていいものか悩んでいると、さらにもう一つの集団がやってきた。目立つ男が先頭を歩いているのでどこの集団か丸分かりだ。

冒険者学校の制服の上に高位貴族を表す金色のバッジと、冒険者階級のバッジ、勲章《くんしょう》などを見境なく付けて歩いている。さらに腰に届くほどの長く真っ直ぐな髪と中性的な顔つき。それでいて表情は邪悪《じゃあく》に歪んでいる。

「おやぁ？　誰かと思えば〝元〟首席殿《どの》ではないですか」

「……周防」

Cクラスのリーダー鷹村君とBクラスのリーダー周防が睨み合う――

――そう。俺の目の前で。

（誰か助けてぇー！）

第08章 ✦ 特等席にて

ダンジョン1階のとある場所で、周防と鷹村君が向き合う。

「おやぁ？　誰かと思えば〝元〟首席殿ではないですか」

周防が同じBクラスの仲間と共にずかずかと部屋の真ん中まで入ってきて、あざ笑うかのような顔で挑発《ちょうはつ》する。

「……周防」

鷹村君は冒険者中学入学試験でもトップの成績を取り、大物クランリーダーの嫡子ということもあって鳴り物入りで中学に入学してきた〝元〟首席だ。入学当時は世間的にも大きなニュースとなっていたようだが、今ではCクラスまで落ちてしまっている。それも周防の謀略《ぼうりやく》に乗せられ敗れ続けたせいだ。

またCクラスには鷹村君と共に落とされてきた生徒も多いようで、周防達に恨《うら》みのこもった厳しい眼差《まなざ》しを向け始める。

それを予想していた周防の取り巻き達も前に出て真っ向からCクラスと睨み合う。ただしこちらは薄《うす》ら笑《わら》いを浮かべてだ。

「こんな良い場所はお前らごときには勿体《もったい》ない。周防様と我らが使うとしよう」

「先に使っていたのは我々だぞっ。無礼にもほどがあるだろ！」

（……使ってたのは俺が先なんだけどね）

Bクラスの生徒の物言いに鷹村君のお付きのおでこちゃんが激怒《げきど》。続いてCクラスの生徒も次々に敵意を露《あら》わにして声を荒《あら》らげる。冷《ひ》え込《こ》むような緊張感から一触即発《いっしょくそくはつ》の状態へ一瞬で移り変わる。

確かに、いきなり入ってきて「どこかへ行け」と言われれば癪《しゃく》に障《さわ》るだろう。だがこんな所で睨み合って無駄な時間を過ごすくらいなら、さっさと他所《よそ》へ行って練習に移ったほうが生産的。見返すにしてもクラス対抗戦で結果を出せば十分なのではないか。

それに。中学入学時は鷹村一派のほうが実力は上であったかもしれないが、今ではすでに周防一派のほうが強いはずだ。周防自身も個の戦闘力で言えば次期生徒会長で首席の世良さんに勝るとも劣《おと》らない実力を持っていて、ダンエクでもボスとして登場していたのは伊達《だて》ではない。何の対策も無しにこの場で戦ったとしてもCクラスに勝ち目はないだろう。

Bクラスの余裕ある顔つきからして実力差を理解した上で挑発していることが窺《うかが》える。むしろ、この挑発も周防の策略の可能性すらありえる。

それらのことがちゃんと見えているのか、鷹村君のリーダーとしての器量を示す場面だと思うのだけど……集団の後方で周防を睨んだまま動かない。中学時代の因縁については、ゲームでもほとんど語られていないので詳細は分からないが、貴族としての立場や矜持《きょうじ》が邪魔をして簡単には引くことができないのかもしれない。思っているより根深いものがありそうだけども――

（さて、俺はどうすればいいんだ？）

部屋の中央付近で《ハイド》をしたままの俺を尻目《しりめ》に、CクラスとBクラスが罵声《ばせい》を浴びせ怒鳴《どな》り合い、それぞれのリーダーも仲間を止めるどころか殺気を放つ始末。ますます収拾《しゅうしゅう》がつかなくなってきている。このままでは乱闘《らんとう》になり兼《か》ねない。巻き込まれないようにさっさと逃げだしたいところだけど、動けば隠密効果が解けてしまう。オラ困ったぞ。

「……ところで、そこのゴミは誰ですか？」

誰にもバレていないと思っていたら、道端に落ちているゴミを見るような目をしながら周防が俺を指差してきた。最初は何を言っているのか分からずキョトンとしていたCクラスとBクラスも、目の前に突然《とつぜん》見知らぬ人間が現れたかのようにギョッとしている。

（バレてたー！）

探知系スキルを使われた様子はない。もしかしたら、たくさん付けている胸の飾《かざ》りの一つに探知アイテムでも付けていたのかもしれない。よし逃げるぞ！

「し、失礼しまっしゅ！」

後ろから待てだの何だの言ってくるが、素直《すなお》に待つ馬鹿がいるわけない。全ての面倒事から抜け出すように脱兎《だっと》のごとくその場から走り去った。


「はぁ……ひどい目に遭《あ》った。しっかし、どのクラスも仲が悪いもんなんだなぁ」

Eクラスと Dクラスが対立しているように、Bクラスは首席率いるAクラスだけでなく、鷹村君が率いるCクラスとも対立していた。上位クラスを攻略するならそこが付け入る隙とも言えなくもないけど俺は主人公ではないので動くつもりなどない。

「赤城君かピンクちゃんの活躍に期待だな……って、あそこにいるのは」

新たな練習場所を探しにどこへ行こうかと思案していると、見知った顔がやってきた。我らがクラスメイト達だ。

「あれ。同じ種目だったっけ？」

「ブタオはあの捨て種目だったろ」

「どうせ役に立たないなら私達の荷物くらい持ちなさいよー」

「……ちょっと。そういうのは駄目」

わけも分からず荷物持ちをさせられる流れになりかけたところ、カヲルが割って入り断ってくれる。そのカヲルがいるということはトータル魔石量のグループだろうか。

確かサツキもこのグループだった気がするけど今はいない模様。代わりに目に入ったのは月嶋《つきしま》君。最近はいつもカヲルにべったりで、他の男子が近寄ろうとしてきても威嚇し追い返してしまう。一方のカヲルはそんな月嶋君の口説きをさして相手にしていないように見える。

ダンエクのヒロインは総じてチョロインが多く、〝主人公〟が本気でアタックすれば大抵落ちるのだけど、カヲルは違うのだろうか。真偽《しんぎ》は分からないが、その様子を見ているのはブタオマインド的によろしくないので目をそらしておくことにする。

「三条。南の方で空いている場所があるらしい。案内しよう」

「あ、はい。えーと……」

「三条さん、荷物重そうだし僕が持つよ？」

もう一人のヒロイン兼主人公であるピンクちゃんも大変おモテになるようで、最近ではアタックする男子を何人も見かける。あのふんわりした可愛さに加え、小動物のような庇《ひ》護欲《ごよく》を誘《さそ》う雰囲気が初心《うぶ》な男子諸君に刺さるのだろう。

やはりカヲルとピンクちゃんの二人は、ダンエクヒロインなだけあって美男美女が多いこの学校でも一際《ひときわ》目を引く。クラスの男子達も放っておくわけがないと最初から分かりきっていたけど、その反面で女子達のヘイトも順調に高まってきているようだ。

「ちょっと！　色目ばっかり使ってないでリーダーならちゃんと指示してよっ！」

「レベル高いのだって、ユウマ君とナオト君のおかげなのにね～」

と、いった感じだ。ただでさえイケメン二人と固定パーティーを組んでいるのに、周りの目ぼしい男子生徒も総取り状態となれば女子から嫉妬《しっと》されるのも無理はない。

ゲームでのピンクちゃんも序盤は嫉妬イベントに苦しめられていた。上手く彼女らのヘイトを捌《さば》かなければクラスメイトの協力が得られず、中盤以降のストーリーに支障が出てしまう。俺ができることといえば……まぁ陰ながら応援するくらいしかない。

そんな悩ましい問題を抱えているカヲル達トータル魔石量グループは、連携や作戦の確認を行うために手頃《てごろ》な広さの練習場所を探し歩いていたという。先ほど出会ったBクラスやCクラスと同じというわけだ。ならば彼女達の健闘《けんとう》を祈《いの》りつつ邪魔にならないようこっそり離《はな》れ――

「ちょっと。どこに行くの」

と言いながらカヲルが首根っこを掴んできた。何用だろうか。

「どこって……修行《しゅぎょう》をだな」

「何の修行なの。到達深度が終わったら私達のところに合流してほしいのだけど。時間があるのなら一緒にきて」

「おいおい。ブタオなんていてもいなくても同じだろ」

やることがあると言っても聞く耳を持たないカヲルに、もっとオレを頼れと胸を張りアピールする月嶋君。何やら面倒なことになってきたぞ。カヲルを口説いているところにあまりいたくはないんだけど……まぁいいか。

実験なんていつでもできるし、たまにはクラスメイトやカヲルと行動を共にし親睦《しんぼく》を深めるのも悪くない。期待されているわけでも役目があるわけでもないのだし、気楽にいけばいいのだ。

クラスメイト達に指示を飛ばし誘導《ゆうどう》する幼馴染の後ろ姿に頼もしさを覚えながら、背中を丸めてトボトボとついていくのだった。

第09章 多少都合が悪くとも

Ｅクラス一行は練習場所を求め、ダンジョン1階を練り歩く。先頭をピンクちゃんが歩き、その両隣《りょうどなり》には彼女の荷物を奪《うば》うように持った男子達。真ん中をクラスメイト達が続き、最後尾《さいこうび》にカヲルと月嶋君、そして俺が付いていく。

「オレがデカい魔石をたくさん持ってこれればいいんだけどよォ。目立つと色々と身動きができなくなるから今はまだ無理なんだよなァ」

「……そう。それなら今後に期待しているわ」

前を歩く月嶋君がいつでも高レベルの魔石を取ってこられるとボヤくように言うと、カヲルはまるで何も期待していないかのように事務的に返答する。しかし実のところ本当のことを言っているかもしれない。

月嶋君の動向はリサに調べてもらっているけど尻尾《しっぽ》は掴めていない。分かっていることといえば普段は仲の良いクラスメイトと外で遊んでばかりいて、ダンジョンにほとんど潜っていないこと。にもかかわらずレベル上げは順調らしい。

その報告を初めて聞いたときは意味が分からず困惑《こんわく》したものだが、今なら大方予想は付く。恐らく〝何か〟を召喚し、単独で狩りをさせているとかだろう。その方法ならダンジョン外にいてもレベルを上げることはできる。

もちろん問題は山ほどある。高レベルプレイヤーが用いるような召喚獣《じゅう》、エレメンタルはマニュアル発動で呼び出しただけでも膨大なMPを使い、召喚が成功したとしても低レベルでは維持することすら不可能。またゲームにおいて召喚したものは基本的に細かく命令しないと動かないという性質がある。

これらの制約を突破できたとして、監視もせずに強力な召喚獣を好き勝手暴れさせていたら一般冒険者から報告の一つくらい出てくるはず。だけどそんな情報はどこにも流れていない。

ダンエクでの常識で考えれば普通は無理だと結論付けたいところだが、ゲームが現実化したことで問題点をクリアできる手段や抜《ぬ》け道《みち》が見つかった可能性もある。今のところ候補となる召喚魔法はいくつか思《おも》い浮《う》かんでいるのでその辺りはリサと考えを擦《す》り合わせておきたいところだ。

そんなことをぼんやり考えて歩いていると前方で丁度いい広さの場所が見つかったと声

が上がる。

「三条、これくらいの広さがあれば十分じゃないか」

「そうですね。ではここを練習場にしますか」

十人程度が自由に走り回っても余裕あるほどの広い空間。入り口からそれほど離れていないのにこんな良い場所が見つかったのはラッキーだ。早速各々《おのおの》が適当な場所に荷物を下ろして準備を行う。

（といっても俺は何にも持ってきていないんだが。何をすればいいのやら）

しばらくどうするのか見ているとカヲルとピンクちゃんを筆頭に2つのグループに分かれ始めた。トータル魔石量は参加人数が一番多く、全員で動いて戦うのは効率が悪いと判断したのだろう。俺はカヲルの方にでも入っておくか。

それで今話し合っているのは誰がどの役割《ロール》をやるか、らしい。一番大変なのは敵の攻撃を一手に引き受ける盾役、つまり〝タンク〟といわれているロール。危険で負担も大きいため誰もやりたがらないのは当然といえる。

「でも～レベルが高い三条と早瀬がタンクをやるべきじゃない？」

「無駄に高いそのレベルが役に立つときだよねー」

案の定、女子達が二人を槍玉《やり》に挙げる。それでも【ニュービー】と基本ジョブしかいない集団なら、一番レベルの高い者にタンクをやってもらったほうが安定するのは確かだ。

「分かったわ。その代わり、私とサクラコの指示には従ってほしいの」

カヲルとピンクちゃんが互いの顔を見て頷き、タンクを買って出る。ここは大変なロールを請け負《う》ってでも結束を高めていきたいという狙いなのだろう。女子達も二人を嫌《きら》うあまり無駄に反抗的《はんこうてき》な態度を取っていても自らの首を絞めるだけ。一団となって挑まなければ上位クラスには善戦することすら難しいのだから無理に反抗はしないようだ。

（でもまぁ、サツキや月嶋君がどれくらい動くかにもよるのか）

結果的に勝てないまでも善戦ができればEクラスの重苦しい雰囲気が改善することは間違いない。それはサツキが願ってやまないことだ。またゲームではクラス対抗戦で結果を出せばヒロイン達の好感度を上げられるボーナスがあった。それを目的にカヲルを口説きたい月嶋君が暗躍することも十分考えられる。

一方で上位クラスに行くことに興味なんてなく、本気で攻略したいヒロインがいるわけでもない俺は好きに行動させてもらうとしよう。

「それでは陣形《じんけい》と連携確認を……」

「落ちこぼれ共、どけよ！」

「ここは俺等Dクラスが使うことにする！」

ピンクちゃんが練習の説明をするため声を上げようとするとDクラスの連中がぞろぞろと広間にやってくる。こんな感じのやつをさっきも見たぞ。もしかしてこの学校には下位クラスに喧嘩《けんか》を売るときにこのようにしろという習わしでもあるのだろうか。

先陣《せんじん》切って大声で罵倒《ばとう》してきたのは……間仲《まなか》じゃないか。アイツとソレルにいる兄は俺の懲罰《ちょうばつ》リスト最上位に位置しており、いつお仕置きしてやろうか虎視眈々《こしたんたん》と機会を窺《うかが》っているところだ。

「Eクラスがこんな良い場所使うとか、少しは遠慮しろよ、なぁ？」

「むしろ誰に勝つ気で練習してるのか気になるよね」

「もしかして劣等《れっとう》クラスのくせに俺等に勝とうとかしちゃってるの？」

入ってくるや否や好き放題に罵《ののし》ってくるDクラス達。先ほどCクラスとBクラスが言い争っていたのと同じ状況だ。違うといえばEクラスの皆が誰も文句を言わず黙って俯《うつむ》いていること。先の闘技場での出来事で実力差を思い知ったせいだろう。

月嶋君も目の前で煽《あお》られているにもかかわらず何も言わずにいる。てっきり短慮《たんりょ》な性格かと思いきや、実は冷静な人だったりするのかね。

だが何も文句を言わないのをいいことにDクラス連中はますます調子に乗って挑発を重ねてくる。

「なんなら俺達Dクラスと勝負でもするか？　そうだな……うちの第三剣術《けんじゅつ》部に雑用係が欲しかったんだよなぁ。そこの青髪《あおがみ》とピンクの髪の女。お前らは負けたら俺等の雑用でもしてもらおうか」

「なっ、そんな理不尽な要求を呑《の》めるとおもっているのかっ」

「三条《さんじょう》さん、僕の後ろにっ！」

間仲が下卑《げび》た顔でカヲルとピンクちゃんの腕を掴んで引き寄せようとする。これにはさすがに我慢《がまん》ならなかったのか取り巻き男子達が反発して割って入る。そのおかげでピンクちゃんは難を逃れたが、誰も守らなかったカヲルは腕を掴まれてしまった。

（……そういえば、カヲルの個別シナリオにもこんなシーンがあったな）

あの手この手で色んな名目を作ってカヲルを都合の良い女にしようとする間仲に対し、ブタオがブチ切れて勝手に勝負を受けてしまうイベントがあったことを思い出す。

ちなみにこの勝負に負けるとカヲルはいいように扱われ攻略不可能となり、バッドエンドに一直線。勝ったら〝プレイヤー〟はカヲルの好感度アップなど美味しいボーナスを獲得できるが、勝手に勝負を受けてしまったブタオはクラスから要注意人物に指定され、忌《い》み嫌われる存在となる。

つまり、この勝負は勝っても負けても俺《ブタオ》にとって損しかないのだ。

月嶋君がこちらを見てニヤニヤしている。ゲームのブタオと同じように行動するとでも思っているのだろうか。カヲルを口説きたいのなら、むしろこういうときこそ矢面《やおもて》に立って守ってあげるべきなんじゃないのかね。そら見ろ。間仲に腕を掴《つか》まれ少し震《ふる》えているじゃないか。もしかしたら闘技場でのことがトラウマになっているのかもしれない。大事な仲間がボロボロにされたのだから無理もない。

（分かっているさ。落ち着けって）

俺の中のブタオが「カヲルを助けろ！」と騒ぎ出すので一呼吸置いて落ち着かせる。目の前で女の子が困っているというのに黙っていたら、男が廃《すた》るってもんだよな。多少都合が悪い未来が待ち受けていようとも俺ならばどうとでもなる。

よーし、やってやるぞぉ！

「あぁ～その。この子も困ってるから……」

「豚《ぶた》がしゃしゃり出てくるんじゃねェ！」

一歩前に出てやんわり止めようとすると、間仲は躊躇《ちゅうちょ》なく頬に目掛けて拳を繰《く》り出してきやがった。今の俺からすればこの程度のパンチを躱すのは造作もないことだが、避《よ》けると怪しまれてしまう。どうせ大したダメージもなさそうなので喰らっておくとしよう。

「ぶへらっ」

「颯太《そうた》っ！」

ＶＩＴが大きく上がったおかげで痛くも痒《かゆ》くもないものの、勢いに持っていかれて数ｍほどぶっ飛ばされてしまう。にしても、俺のレベルがデータベース通りの３ならば結構なダメージが入っていたパンチだったぞ。全く容赦《ようしゃ》を感じない。

今まではＥクラスに対しては《オーラ》での威圧のみだったのに、とうとう暴力まで解禁してきたか。これはクラス対抗戦の結果次第では教室でも酷いことになりそうだ。

どうしたもんかと考えながら砂ぼこりを払《はら》って起き上がろうとすると、驚いたことにカヲルが間仲の手を振《ふ》り切って駆けつけてくれた。毛嫌《けぎら》いしている相手にでもこうして手を貸してくれるとは、やはり根は優しい子なのだろう。

「これくらい大丈夫だ。それより……」

「そ、そうね。みんな行きましょう。こんな勝負受ける必要はないわ」

「待てよ腰抜《こしぬ》け共！　話はまだ終わってねーぞっ！」

カヲルが移動を促すと、間仲が《オーラ》を放って立ち塞《ふさ》がる。この様子だと単に絡《から》みたいだけでなく勝負に持ち込むよう指示でも受けているのかもしれない。そんな見え見えの恫喝《どうかつ》にもＥクラスのみんなは威圧され硬直したかのように尻込《しりご》みし動けなくなってしまう。俺を殴って暴力を見せつけたのは効果的だったようだ。

そんな中、一人だけ悠長《ゆうちょう》にどこかへ行こうとしているクラスメイトがいた。月嶋君だ。

「お前！　何勝手に逃げようとしてんだっ」

再度《オーラ》で威圧しても止まらない歩みに、業を煮《に》やしたDクラスの男子生徒が肩を掴みにかかる。月嶋君は捕《つか》まえに来た手をするりと躱し、代わりに顔を掴んでそのまま持ち上げてしまった。

「ぐあああぁああ」

「おいおい、勘違《かんちが》いするな。逃してやんのはこっちなんだよ」

結構な力で締め上げているのか苦痛の声を漏らし暴れるDクラスの生徒。格下だと思って舐《な》めていたEクラスに逆に暴力で返されるとは思ってもみなかったのだろう。Dクラス全員が驚きのあまり言葉を失っている。

あまり派手に喧嘩を売ったとなれば背後にいるBクラスまで出てくる危険性もある。そうなれば何が起こるか予測できなくなる。

Bクラスは現時点でこそAクラスに劣る位置づけにいるものの、実力差はほぼ無いといっていい。特にBクラスをまとめている周防《すおう》の実力は本物だ。多数の強力なスキルを所持し、戦闘センスもそこらの生徒とは一線を画す。今の俺でもゲーム知識チートをフル稼働《かどう》させなければ勝機はないだろう。当然、プレイヤーの月嶋君もそれを承知のはず。

それにだ。仮にBクラスや周防と戦える実力が月嶋君にあったとしても、赤城《あかぎ》君やカヲル達がほとんど育っていない現状ではEクラス全員を守り切ることなんて不可能。Bクラスには刈谷《かりや》以上の猛者《もさ》がゴロゴロいるわけで、その内の一人でも月嶋君のいないところに乗り込んで来られたら手に負えなくなる。それとも何か策があるのだろうか——って。そら来たぞ。

「おい、お前達！　何をやっている！」

たまたま通りかかったと言うBクラスの生徒が険しい顔で割って入ってきた。それも恐らく言い訳で、Dクラスに指示を出したことが実行できているか近くで監視でもしていたのだろう。

すぐに《オーラ》を放ち威圧するが、それも月嶋君には効いてないようだ。

(あのBクラスの生徒はレベル12から15ってところか。月嶋君もそれくらいレベルを上げているのか、はたまた痩《や》せ我慢なのか)

月嶋君は興味を失ったかのように掴んでいた男子生徒から放し、何事も無かったかのように離れていく。Dクラスの生徒も何が起こっているのか唖然としている。今が逃げるチャンスだ。

「カヲル、月嶋君についていこう」

「……あっ。そうね、みんな行きましょう！」
すぐに荷物を持ってそそくさと走り去るクラスメイト達。それじゃ俺もトンズラすると
しよう。間仲は怒《いか》り心頭のようで顔を真っ赤にし、ぶるぶると震えている。
「Eクラスのくせに舐めやがって……ぶっ殺してやる！」
逆上した間仲が追いかけてこようとするも、すぐにBクラスの生徒に制止させられる。
Dクラスが勝手に暴走して傷害事件となってしまえばEクラスを追い込むための計画が狂《くる》
い、支障が出るからだろう。
追ってきたら一発くらいお見舞《みま》いしてやろうかと思っていたのに残念だ。
「クラス対抗戦を楽しみに待っていろ劣等クラス共！　地獄《じごく》を見せてやるよ！」
浴びせかけるように間仲が言う。あいつがいつも自慢しているソレルも助っ人として出
張ってくるかもしれない。月嶋君は大丈夫だろうがカヲル達は心配だ。何か仕掛けてきた
ときのために防御策《ぼうぎょさく》の一つくらい講じておこうかね。

第10章 ✦ 対照的な二人

―― 早瀬カヲル視点 ――

「それではクラス対抗戦の概略《がいりゃく》を説明する」

教壇《きょうだん》で厳しい視線を送りながらも静かな口調で説明するEクラス担任、村井《むらい》先生。それを聞いているクラスメイト達はこれから始まる大一番を前にナーバスになっており、教室全体がピリピリとした空気に包まれている。

冒険者学校に入学してから3ヶ月、冒険者学校の現実を前に何度も心が折れそうになりながら泥水《どろみず》を啜《すす》る思いで必死に鍛錬《たんれん》してきた。クラス対抗戦はそんな私達がどこまでやれるか試金石となる大事な試験。地を這《は》ってでも何かしらの成果をつかみ取らねばならない。

「前にも説明していた通り、諸君らには今日から1週間ダンジョンで生活してもらう。持っていけるものは端末と衣類、武具のみ。食料やキャンプ用品、シャワー、ランドリーの利用は指定の階層にて魔石と交換《こうかん》。生理用品、医療品《いりょうひん》は無料で配布する」

試験期間内では、魔石を使うことで学校側が用意したサービスを利用できる。また魔石から日本円の交換もやっているので民間サービスの利用も可能。つまり魔石さえあれば試験期間中でも豪華《ごうか》な食事を食べたり宿泊《しゅくはく》施設に泊《と》まることだってできる。上位クラスの貴族様達はそういったことに躊躇なく魔石を消費するだろうけど、私達Eクラスは魔石量において全く余力がなく贅沢《ぜいたく》などできそうにない。私も寝《ね》るときは雑魚《ざこ》寝の予定だ。

「試験期間中にダンジョンから出たり体調不良や怪我《けが》などで試験の続行が不可能と判断された場合は即時《そくじ》失格となる。注意しろ」

成績はあくまでクラス単位で貰《もら》うので個人が失格となっても点数自体は貰うことができる。とはいえ、何人も失格者を出していてはどの種目も不利になってしまう。体調管理には気を付けていきたい。

「それでは試験用のアプリをダウンロードした者から一時解散とする。1時間後の10時に冒険者広場に集合。以上だ」

取れた魔石、モンスターの討伐情報、位置情報などは全て腕端末のアプリで管理され、他クラスのものを含め閲覧《えつらん》できるようになっている。ただしデータの更新《こうしん》は毎朝9時の1回のみ。

クラス対抗戦は1週間という長丁場なのでそれらの情報から学年全体の動きを読み取り、

休むべきか無理をして推し進めるべきか適切な作戦を考えていくことも重要となる。作戦の立案、指揮は磨島《まじま》君かナオトがやることになっている。彼らの勇気と知恵《ちえ》に期待したい。

「お前らァ行くぞ！　俺についてこいっ！」

「みんな行きましょ！」

「おう！」「はいっ！」

自らを鼓舞《こぶ》するかのように磨島君が声を張り上げると、幾人《いくにん》かのクラスメイトも大きな声で呼応し立ち上がる。彼ら指定モンスター討伐のメンバーはギリギリまでダンジョンにこもり頑張っていたのを知っている。

続いて他のクラスメイト達も次々に意気込《いきご》み、覚悟を決めた顔で立ち上がる。ここで踏ん張れなければ望む未来など勝ち取れるわけがない。絶望の淵《ふち》に立たされようとも歯を食いしばって前へ進むしかないのだ。

ナオトは最近元気がないようだけど、暗い沼《ぬま》に沈《しず》んでいた情けない私を救ってくれたほどの気丈《きじょう》な人物。きっと立ち直ってくれることだろう。

（さぁ、行こう）

私にはユウマがいてサクラコがいて、ナオトという心強い仲間がいる。初めはぎこちなかったトータル魔石量のグループも、今では協力的になって厳しい練習も頑張って耐えてくれている。たとえ何が来ようとも、もう挫《くじ》けてやるものか。

そう意気込みながら私も立ち上がることにした――のだけど。

教室の後方に、ちらりと颯太の姿が目に入る。何やらニヤニヤとしていて緊張感がまるで感じられない顔。朝迎えにいったときからこの調子だ。下手をすれば命を落としかねない危険な種目を任されているというのに……自分の状況を理解しているのだろうか。

ここの所、何度か練習に呼んでみたのだけどダンジョンでやることがあると言い、全て断ってきた。成海のおば様によれば19時の夕食には必ず帰ってきているらしく、大して深く潜っていないのは確実。学校が終わって夕食までの時間で往復できるのは精々2階入り口の近辺までだ。そんな浅い階層で本当に訓練しているのか疑わしい。

それでも食事制限したり負荷の高いトレーニングをしていることは間違いない。首や肩回りは見てすぐ分かるほどの筋肉が付いていたし、あれだけ出ていたお腹《なか》も大きく引っ込み、今では昔の面影《おもかげ》が見えるほどまでに減量に成功している。私に対する執着《しゅうちゃく》も嘘《うそ》のように消え、入学当初と比べれば別人といっても過言ではない。

(――だから、もし)

万が一、今回のクラス対抗戦で結果を出すようなことがあれば。そのときは私の見る目を変えるべきだろうか。颯太がこの学校に入学して何を考え、どんなふうに変わったのか。

（そういえば……前に私の家でお父さんと颯太が話していたときに、変わったかどうか聞いたことがあったっけ）

あのときは上手くはぐらかされた気がする。同じように聞いたところで今の颯太は教えてくれないだろうし、やっぱり近づいて確かめてみるべきかもしれない。もしかして今ならアレの破棄《はき》に応じてもらえるかもしれないのだから。

そんなことを考えていたせいか、思わず深いため息をついていることに気付く。これから大事な試験があるというのに余計なことに囚《とら》われていては良い結果も期待できない。前を向かねば。

「カヲル？」

隣にいたサクラコが柔らかい声色で気遣《きづか》ってくれる。そういえば彼女も入学式の頃《ころ》から大きく変わった一人だ。今は見違えるように強く頼もしくなった。トータル魔石量も彼女の存在が鍵《かぎ》となるだろう。

「行きましょう、サクラコ」

「ええ」

窓の外に目を向ければまだ朝9時だというのに日は高く昇り、強く眩《まぶ》しい日差しが降り注いでいた。

第11章 ✦ クラス対抗戦

クラス対抗戦直前のホームルームが終わり、クラスメイト達が集合場所へ向かうべく意《い》気《き》揚々《ようよう》と教室を後にする。

磨島君とそのグループは連日ギリギリまでダンジョンに潜って猛特訓《もうとっくん》の成果を見せると意気込んでいたけど、残念ながらクラスのデータベースを見た限りでは暗雲が立ち込めていると言わざるを得ない。

ゲーム基準なら主人公である赤城君やピンクちゃんのレベルが8もあれば安全圏《あんぜんけん》であったが、彼らも磨島君もいまだレベル6までしか上げられていない。理由として魔狼《まろう》に手こずっているというのもあるだろうけど、何といってもゲートを使用できないという制約が大きすぎるのだ。

だからといって上位クラスが手を抜いてくれるはずもなく、Dクラスもあの様子だと何かしら仕掛けてくるだろう。もしかしたら赤城君達でも手に余るような厳しい状況もでてくるかもしれない。折れずに最終日まで戦い続けられるか心配ではある——とはいえ。

（サツキも動くようだしな）

今回のクラス対抗戦については事前にどの程度まで介入するか話し合って決めている。サツキとリサはレベル12となり、〝モグラ叩き〟も視野に入ってきた。本気で介入すれば刈谷すら蹴散《けち》らし、Ｄクラスを上回る成績を上げることも可能である。

しかしそこまでしたら上級生や上位クラスに目を付けられ余計なトラブルを招きかねず、これまでの必死に頑張ってきたクラスメイト達の気持ちも強者に頼《たよ》り切りになってしまい一気に緩んでしまうだろう。しばらくは今の悔《くや》しさをバネに必死で頑張ってもらい、Ｅクラス全体で立ち向かっていける体制作りを目指したほうがいい。

つまり介入はＤクラスに勝てないまでも、クラスの雰囲気をやや改善させる程度に抑える、というのが俺達の考えだ。

リサも立木《たちぎ》君のサポートに動いている。指定クエストの内容もゲームと変わらないだろうし、ゲーム知識の中から今後起きるであろうクエストや特別情報をこっそり教えれば大きなアドバンテージとなるはず。どの程度の情報をどのくらい教えるか、その辺りのバランス取りは彼女ならば心配ない。

一方の俺は参加賞だけもらって自分の役割を終えるつもりでいる。最終日にでもカヲルのいるトータル魔石量へ合流しておけばいいだろう。仮に間仲やソレルが何かを仕掛けてきても一応保険は打ってあるし、俺がどうこうする必要なんてこないはず。

それよりもだ。

ついに。ゲーム時代から推していたあのお方とお近づきになる機会《チャンス》が巡《めぐ》ってきた。立場や容姿にとらわれず誰にでも優しく対等に接してくれる彼女ならば、この俺にも話しかけてくれる――かもしれない。胸の内のブタオマインドも興味津々《きょうみしんしん》なようで、ダブルでワクワクがと・ま・ら・な・い。

「どうしたの～。そんなだらしない顔して」

「良いことでもあったのかなっ」

この後のことを考えていたら「何をニヤニヤしているんだ」とリサとサツキが声をかけてきた。登校時にもカヲルに不審者《ふしんしゃ》扱いされてしまったことだし気を付けねばなるまい。

「ちょっとね。それじゃ俺も向かおうかな」

「お互い頑張ろうねっ！」

「ふふっ。それなら一緒に行きましょうか～」

サツキが握りこぶしをぶんぶんと振って意気込んでいるけど、すでにEクラスの平均レベルから大きく逸脱《いつだつ》しているので程々《ほどほど》に自重してほしいものだ。リサはいつもと同じく涼《すず》しい笑顔を向けてくれていて妙《みょう》に頼もしい。

（それでは、いざ行かん！）

こっそりと胸に入れてあった手鏡で寝癖《ねぐせ》と身だしなみをチェックし、逸《はや》る脚を窘《たしな》めながら意気揚々と集合場所へ向かうのだった。

朝10時前の冒険者広場前はこれからダンジョンに突入《とつにゅう》する冒険者でごった返している。ダンジョン版通勤ラッシュといえばいいだろうか。

どこぞのクランが煌《きら》びやかな装備を見せびらかすように歩き、食べ物や魔導具を売り歩く商人が声を張り上げ、荷物を山ほど積んだ小型運搬車《うんぱんしゃ》が渋滞《じゅうたい》を起こすように並んでいる。眺めているだけでも面白い。

そんな人ごみの中を数分歩けばクラスメイトが待つ集合場所へとたどり着く。リサとサツキはやることがあるといってその場で別れることとなり、一人暇《ひま》な俺はぼ～っと周りを眺めているだけである。

すでに集まっていたクラスメイトも周囲を観察しながらひそひそと話に花を咲かせている。話題は上位クラスだ。

Ｃクラス以上の生徒とは教室の場所が離れていて授業も別だし、ダンジョン内でも狩場が違うためほとんど接触がない。そんな彼らの初めてみる武具に興味が尽《つ》きない模様。

「（貴族様だと思うけど、防具一式でいくらするんだろう）」

「（凄いよねぇ。あの耳飾《みみかざ》り、絶対マジックアイテムだよね）」

彼女らの視線の先を追ってみればＢクラス一行が集まっていた。牛魔の革《かわ》から作られたローブやミスリル合金製武具を着た生徒が多く目に付くので、平均レベルは10から15くらいと分かる。このクラスでも店で買うとなれば軽く１００万円以上の値はする。

そして貴族らしき生徒は手首や耳に多数の宝飾品《ほうしょくひん》を付けている。あれらは全てマジックアイテムだろう。付与されている魔法によっては目が飛び出るほどの価値になるのは言うまでもない。あんなものを付けてのダイブなんて強盗被害《ごうとうひがい》に遭《あ》わないか心配になるが、いつも多くのお供に囲まれているし、それ以前に法すら捻《ね》じ曲げる貴族を襲おうとする不届き者などこの日本に存在しない。

「（あの薙刀《なぎなた》、ＤＵＸの最新シリーズじゃん）」

「（雑誌で見た。しばらく使っても切れ味が落ちないって本当かな）」

武器もＥクラスのように剣やメイスだけでなく、大弓《だいきゅう》や薙刀、ワンドを持っていたりと多様だ。中には流行《はや》りのＤＵＸというブランド武器を持っている生徒もいて一種のステータスにもなっているようだ。

片や、うちのクラスの武器はほとんどがレンタル品で、Ｂクラスが持つブランド武器と比べてしまえば大きな差はある。けれど彼らと戦うのは早くても来年度以降だし、今は気にせず地道にレベル上げを頑張っていけばいい。

そのＢクラスの隣にはＤクラス一行が見える。全体的には魔狼の革でできた防具を着た生徒が多いものの、刈谷を筆頭に重量のあるミスリル合金製の武具もちらほらと見える。つまりレベル10を超えている生徒もそれだけいるということだ。

そんな格上が複数いるＤクラスと俺達Ｅクラスは敵対関係にあり、ダンジョン内でかち合えば混乱も予想される。クラスメイトに危機が迫ったときはサツキやリサが素早く秘密《ひみつ》裏《り》に対応してくれるよう願っておこう。

そこから少し離れたところにはＣクラスが輪を作って円陣《えんじん》を組んでいた。中心にいるのは和風の鎧《よろい》を着たＣクラスのリーダー鷹村《たかむら》君と、彼のお付きの可愛《かわい》いおでこちゃん。

Ｃクラスは Ｂクラスと違って、ほとんどが平民出身。そういう意味で装備差が表れているといった感じだ。そんな平民にも気安く話しかける鷹村君は貴族の中でもイレギュラーな存在なのかもしれない。

とはいえ彼らも身分や強さに重きを置くエリート志向の持ち主で、外部生であるＥクラスを受け入れているわけではない。接触する際には慎重にいかなくてはならないだろう。

そんなことを考えていると急に辺りがざわめき立つ。Aクラス一行が来たようだ。

先頭を歩くは1年首席で次期生徒会長、そして俺の最推しヒロインである世良《せら》桔梗《ききょう》。すみれ色のくっきりとした大きな瞳《ひとみ》を輝かせ、腰の近くまで伸びた艶《つや》のある長い銀髪《ぎんぱつ》を揺らし、ゆっくりと優雅に歩いている。防具は着ておらず制服のままだ。アレはあまり人に見せるものではないのだろう。

（それにしても、お美しい……）

容姿端麗《ようしたんれい》な見た目でダンエクヒロインの中でも1位、2位を争うほど人気だったが、現実となった彼女の美しさはゲームのそれをはるかに上回る。その美貌《びぼう》に自然と男子達の目が奪われ、女子達も嫉妬を通り越《こ》して羨望《せんぼう》の眼差《まなざ》しを送る。それどころか周囲の冒険者まで見惚《みと》れて足を止めるほどだ。

そのすぐ後ろには貴族や士族が続く。世良さんの家は歴史ある高位貴族であり、また【聖女】に近しい立場なことから分家の貴族や士族がとにかく多い。装備レベルはBクラスとそれほど変わらないが、巫女装束《みこしょうぞく》のようなものを着ている生徒も何人か目に付く。

そんな世良さん率いるAクラス一行の後方には、いつぞや俺に声を掛けてきた天摩《てんま》さんが大きな両手斧《りょうておの》を手に持ち、のっしのっしと歩いている。ピカピカに磨かれたフルプレートメイルが乱反射しているので物凄《ものすご》い目立つ。彼女の家はまだ貴族になってから間もなく配下の士族はいないとのことだけど、代わりに〝ブラックバトラー〟とかいう黒ずくめの執事《しつじ》達がダンジョン内に控《ひか》えていることだろう。

というわけで全てのクラスが冒険者広場に揃《そろ》い踏《ぶ》みしたわけだ。一通り見た限りでは次期生徒会長率いるAクラスがやや有利か。彼女の持つサポート能力もさることながら、装備を充実《じゅうじつ》させた貴族や士族の数も多い。また次席である天摩さんの戦闘能力が飛びぬけて高いことも強みだ。

Bクラスも周防の活躍次第ではワンチャンあるかもしれないが、Cクラスにも喧嘩を吹《ふ》っ掛《か》けているなど無駄に敵が多いのが難点。Aクラスは他クラスを相手にしながら倒せるほど生易しい相手ではない。そういう意味で上手く漁夫の利を狙《ねら》えればCクラスにもチャンスがありといった感じか。

まぁ、上位クラスの動向なんて俺が気にすることでもないけど、ついついプレイヤー目線で見てしまうぜ。おっと、先生方が動き始めたぞ。

『これより、クラス対抗戦を開始する。〝到達深度〟の参加者は前に』

拡声器を持った厳《いか》つい男がこちらに向けて声を上げる。あれは学長代理だっけか。そういえば学長のほうはゲーム時代も含めて一度も見たことないけどどんな人なんだろうか。

とにかく、俺の参加種目が呼ばれたので行くとしようかね。

「ブタオ！　死んでも参加賞とってこいよ！」

「誰かに付いていけば大丈夫だ心配するなー。後ろを振り返るなよー」

「私達に合流なんて考えなくてもいいからね、っていうか邪魔だし」

「ソウタ〜頑張ってね〜！」

クラスメイトからの期待と声援《せいえん》を背に受けて胸を張り、ゆっくりと前に歩み出る。

（上位クラスは誰がでてくるかな？）

到達深度は点数配分が一番多く、どこのクラスも最精鋭を送《おく》り込《こ》んでくると予想される種目。Eクラスは捨てているので俺一人だけだが。

Dクラスからは、間仲とよくつるんでいる取り巻き三人が前に出てきた。てっきり間仲か刈谷がくるのと思っていたが違うのか。

「ちっ、Eクラスは豚だけかよ。張り合いねーな」

「アイツらの誰が来ようが勝てないし。仕方ないっしょ」

「お前、ダンジョンに入ったら荷物持ちな」

目が合って秒で喧嘩を売ってくるとは。買っちゃおうかな〜どうしようかな〜などと脳内で叩きのめすシミュレーションをしていると、周りから歓声《かんせい》のような声が上がる。

「周防さん、頑張ってくださいっ！」

「キャー！　世良様ァ！」「世良様、お気をつけて！」

「メイちゃんファイトー！」

上位クラスは順当に精鋭を送ってきたようだ。クラスリーダーである世良さんと周防、Cクラスは鷹村君のお付きのおでこちゃんがそれぞれ数人のお供を連れて前に出てくる。

このメンツは大体予想通りなので驚きはない。

「おや、世良さん。同じ種目とは奇遇《きぐう》ですね」

「周防様。ご機嫌麗《うるわ》しゅうございます」

クラスのリーダー同士が近寄ってにこやかな笑顔で挨拶《あいさつ》する。だが奇遇というのは嘘くさい。ゲームでは世良さんに並々ならぬ、それも好意からではない執着を寄せていたし、Aクラスの硬《かた》い表情からも周防を歓迎《かんげい》していないことが分かる。この到達深度に参加したのだって前もって情報を仕入れていたからだろう。

中学の時に首席だった鷹村君を早々に蹴落《けお》とし新たな首席として君臨するはずだった周防皇紀《こうき》。そこに才能、人望、血統と全てで上回る怪物、世良桔梗が立ちはだかった。当然追い落とそうと挑んだものの何度も跳《は》ね返され、その結果が今のクラス分けへと繋《つな》がっている。プライドの塊《かたまり》が服を着て歩いているような男が現状に我慢できるわけがないのだ。

一方の世良さんはそんな敵意を全く意に介《かい》していないご様子。笑顔のまま一礼し、そのまま通り過ぎてしまう。中学時代の周防との闘争《とうそう》も生易しいモノではなかったはずなのに一向に相手にしないのは、もしかしたら奴《やつ》の未来を視たからなのかもしれない。

（一応、周防の動きは気に留めておくか。それと――）

『やぁやぁ成海クン、奇遇だね。ウチも参加するんだけどヨロシクねっ！』

「て、天摩さんもなんだ。どぉも……」

1年次席、天摩晶《あきら》が電話越《ご》しのようなくぐもった声で話しかけてきた。首席である世良さんに加え、次席の彼女まで到達深度に参加するとなれば戦力過剰《かじょう》な気がするが……Aクラスは何を考えているのだろう。

『いやねぇ。こないだダイエットの話、あれっきりだったでしょ？　でも聞きに行く機会がなくってさぁ。そこで成海クンが到達深度に参加するって聞いたもんだから』

「は、はぁ」

『道中は話していこうよ。どうせ何も起きないんだし』

「次席、我らから離《はな》れるな。こっちだ」

早口でまくし立てるように絡んでくる天摩さん。普段はあまり喋《しゃべ》らない人だった気がするけどゲームとは違うのだろうか。それでも協調性がないのは同じなようで早速同じクラスメイトから注意されている。

『ありゃいっけない。なら成海クンもおいでよ、一人なんでしょ？』

「えっ」

腕を取りこっちに来いとAクラスの到達深度グループがいる場所に連れていかれてしまう。気づけば長い銀髪を風になびかせている世良さんが目の前にいて鼓動《こどう》が跳ね上がる。深呼吸せねば。

（すぅはぁ……あ、なんかいい香りがしてくる……って。落ち着け俺）

突然のことでつい動揺《どうよう》してしまった。冷静になって観察してみよう。

Aクラスの到達深度は六人。全員の胸には爵位を示す金バッジが付けられていることから貴族だけで構成されていることが分かる。しかも天摩さん以外のバッジは世良さんと同じひし形の家紋《かもん》、つまり世良一門というガッチガチの構成。ちょっと場違《ばちが》いすぎるところに来てしまったぞ。

鎧は各自、和洋別々のデザインであったり色も統一性はないが、貴金属や宝石をふんだんに使って作《つく》り込まれており貴族の権威《けんい》を見ただけで知らしめる、そんな意図を感じさせる。一般庶民の俺はついつい土下座してしまいたい気分に駆られてしまうじゃないか。

そんな貴族達は眉《まゆ》をひそめて世良さんの周りに集まりヒソヒソと話している。

「世良様、お気を付けくださいまし。周防は何か企《たくら》んでいます」

「共に行くのは危険です」

「やはりここは予定を変更し、我らだけで先行したほうが良いかと」

到達深度は毎年浅い階層だけは他クラスと一緒に歩き、交流を深めるとかいう暗黙のルールがある。今年もその予定であったが周防は危険な奴なので何を仕掛けてくるか分からない。ここは安全のためにAクラスだけで先行してしまおう、と言っているのだ。

世良さんは少し驚いたものの微笑《ほほえ》みを崩さず余裕のある表情。お美しや。

「そう邪険《じゃけん》にするものではありませんわ。よい機会なのだしクラス交流を楽しんでいきましょう。貴方《あなた》もそう思いませんか？」

突如こちらに振り向き話しかけてくる世良さん。同時にすみれ色だった瞳が赤く輝きだす。これは《天眼通《てんげんつう》》という魔眼が発動した証拠だ。対象に起こる未来の出来事をかなりの精度で見通すことができる。

真っ赤に怪しく光る魔眼で俺の瞳の奥に映る未来を射貫《いぬ》くように見つめてくる。いきなり使ってくるだなんて心の準備ができてないんですけど。

でも——ついに明かされる。俺の華々《はなばな》しい未来がっ！　世界に轟《とどろ》く大冒険者《だいぼうけんしゃ》となっているのか。世界に轟く大冒険者となって活躍していたりするのか。はたまた可愛い子に囲まれた学園生活を送ってるのか。もしかして世良さんと恋人《こいびと》関係になってたり？　全てを受け入れるつもりだぜハニィ。

「ん～セクハラ……退学……将来性は……あらあら、とても残念な方のようですね。３点というところかしら」

「へっ？」

『あちゃ～ドンマイッ！』

　何かまずいものを見てしまったかのように目を伏せる世良さん。そのまま俺に興味をなくしたかのように前を向いてしまわれた。唖然としていると天摩さんがパシパシと背を叩いて能天気な声色で慰《なぐさ》めてくる。少し痛い。というか――

（どういうことだよぉぉおぉお!!）

第12章 ✦ 天摩晶は痩《や》せたい

ついにクラス対抗戦が開始された。最初にダンジョンに入るのは俺が参加する到達深度グループだ。５つの種目の中では点数配分が一番高く、出場してくる生徒も各クラスの精鋭達。後方から大きな声援に後押《あとおし》される形で次々に突入を開始する。

といっても、ここ1階は前も後ろも冒険者だらけなのでモンスターなんて一匹《ぴき》もいない。いたとしてもスライムが跳ねているだけなので、しばらくは流れに沿って進むのみである。

先頭には世良さんが一門に囲まれながらゆっくりと優雅に歩く。余程《よほど》喋りたいのか色んな人に声を掛けており、護衛の貴族が睨《にら》みを利かせ追い払うということを繰り返している。自重しろとの視線は彼女にまるで効いていないようだ。

その後ろにはBクラスの周防とその取り巻き達が煌びやかな防具を着て歩いている。こちらも全員が貴族なのだろう、装備にかけている金額は相当なもので宝石や貴金属が眩《まばゆ》い。もしかしたらあれらもAクラスに負けたくないという意地の現れなのかもしれないが、今のところは喧嘩《けんか》を売ったり暴れたりする様子は見られず至って平穏《へいおん》。もっとも、こんな混雑しているメインストリートで何かを仕掛けるはずもないか。

続くCクラスは鷹村君のお付きのおでこちゃん――物部芽衣子《もののべめいこ》という名前らしい――が中心になって動いている。仲間からメイちゃんと呼ばれ親しまれており雰囲気はかなり良さそうだ。一方でクラス一番の実力者であろう鷹村君の姿は見えず、データベースを見る限りでも最高戦力を出してきているわけではない模様。学年屈指《くっし》の世良さんや周防と無理に争うよりも、他の種目に回して点数を稼ぐ作戦なのだろうか。ある意味Eクラスと同じ戦略とも言える。

最後方にいるのはDクラスの四人グループ。よく間仲《まなか》と一緒にEクラスを馬鹿にしてくるので、うちのクラスでは評判がすこぶる悪い奴らだ。最近では間仲を煽《おだ》てて取り入ろうとする姿をよく見かけるがソレルにでも入りたいのだろうか。

そのDクラスが先ほどから俺をチラチラと見てくる。恐らく背に持った荷物を持たせたいのだろうが今は絡めない理由もある。

『その糖質制限って、そんなに効くの？』

「えぇと。まぁ多分……」

俺の隣にはウンウンと頷《うなず》きメモを取る天摩さんがいるからだ。

彼女は入学式のときに俺の太っていた姿を覚えていたようで、どうしてそんなに痩せることができたのか、一体何をやったのか秘訣《ひけつ》を教えてくれと逐一《ちくいち》聞いてくる。そのためにわざわざ到達深度のグループに割って入ったのだという。

『でもこんな短期間でそこまで痩せられるのかなー。初めて見たときは体幹が弱そうだったけど筋肉も凄くなったよねー。ウチ、二度見しちゃったもん。明らかに何かやってるよねー？』

日頃どんなトレーニングをしているのか。何階で狩りをしているのか。全て吐《は》き出せと言ってくる。

確かに最近は亡者の宴《うたげ》で長時間ハンマーを振り回しているせいか、ますます筋肉が付いてきた。またリサから教えてもらった対デバフスキル《フレキシブルオーラ》のおかげで異常食欲もそれなりに抑えられ、最近はデブからぽっちゃり系男子に変貌《へんぼう》を遂《と》げているような、いないような。細かった目も痩せたことでパッチリおめめとなっており、痩せれば案外イケメンなのかもしれないと鏡を見る度に驚いているくらいだ。

『あ、もしかして秘密の狩場とかあったりして。ねぇねぇウチだけにこっそり教えてよー』

重そうなフルプレートメイトで器用にくねくねとする天摩さん。もちろん秘密の狩場なんて言えるわけないので何とか誤魔化《ごまか》したいところであるが、彼女もダイエットというものを長らくやってきた身。適当な話ではごまかされず納得《なっとく》もしてくれない。

（さて、何と言えばいいか。というかまず天摩さんのダイエットはそう簡単な話ではないのだけども）

今までに様々なダイエットを試したけど効果がでないというのも当然の話で、原因は精霊《せいれい》の祝福という名の〝呪《のろ》い〟のせいだからだ。痩せるためには食事制限や運動などではなく、自身に宿っている精霊の考えを改めさせるか取り出して倒すしかない。

そのイベントは主人公である赤城《あかぎ》君と天摩さんが仲良くなっていけば自《おの》ずと発生する。難度は高めだがクリアすれば天摩さんは無事に痩せて可愛らしい少女に戻り、ヒロインとして赤城君を支える強力な仲間となる。

もしかしたら俺でも発生させることはできるかもしれないけど、赤城君の成長の機会を奪ってしまうことになるし、何より天摩さんが関与《かんよ》するメインストーリー全てが捻じ曲がり、プレイヤー最大の武器である〝未来予測〟が使えなくなってしまう可能性すらある。そうまでして彼女を助ける覚悟は……今のところ持ち合わせていない。

しかし目の前ではこんなに明るく振《ふ》る舞《ま》っていても呪いのせいで醜《みにく》く太り、老化までしてしまった姿に毎日泣くほど苦しんでいるという設定があったことは知っている。その常時着用しているフルプレートメイルもその姿を覆《おお》い隠《かく》すためということも。早く救ってあげたい気持ちは当然ある。どうしたものか。

「皆様《みなさま》。まもなく2階に到着《とうちゃく》しますので、20分の休憩をとりましょう」

1階の終着広場が見えてきたところで世良さんが休憩の提案をしてくる。ダンジョンに入ってからすでに1時間以上経《た》っているのでトイレ休憩も必要だろう。

『それじゃウチもトイレいってくる。20分後にまたねー』

「あ、うん」

その鎧はトイレでどうやって着脱《ちゃくだつ》するのだと密《ひそ》かに疑問に思ったが、後方には例の黒ずくめ達が控えていることだし問題はないのだろう。それでは俺も一応いっておくか。

「おい豚っ！　ツラ貸せや」

天摩さんと別れるや否やDクラスのグループの一人が襟首《えりくび》を引っ張ってきて、人のいなそうな方向を親指で指し「付いてこい」と言ってくる。ダンジョンに入ってからずっと俺に絡《から》みたかったようで、後ろにいる奴らも頻《しき》りにガン垂れてくる。君達、トイレは大丈夫なのかね。

（面倒事はさっさと終わらせるか）

1階と違って2階は辿り着くまでに時間がかかるため訓練場として利用する冒険者はほとんどおらず、数百mも歩けば人の気配はほとんどなくなる。どこまで行くのかなと思いながら歩いていると、後ろからパンチを繰り出してきやがったのでとりあえず躱《かわ》しておく。

素直に殴られてやるつもりはない。

「いきなり何ですかね」

「お前、なんで荷物持たなかったんだよ！」

「何発か殴らせろ！」

「ここから先は俺達が扱《こ》き使ってやるから覚悟しろよ？」

あまりの理不尽にオラびっくりだ。今まではやってこなかった暴力も躊躇《ちゅうちょ》なく振るうようになってきたか。もしかしたらBクラスから何か指令が出ているのかもしれないけど、そんな要求を受け入れるつもりは毛頭ない。そも、こいつらはEクラスいじめの主犯格で、過去にMPKをしたりもしていたりと俺の粛清《しゅくせい》対象リストの上位に位置している悪人共。俺の方こそ何発か殴らせてほしい。それにしても――

（やけに苛立《いらだ》っているな）

汗をかき目を血走らせ興奮状態なのが見て取れる。俺に絡みたいというだけでここまで感情が高ぶるものだろうか。薬物使用、もしくは何らかの精神操作の影響が疑われる。対デバフスキル《フレキシブルオーラ》は簡単な状態異常なら広範囲に抑《おさ》え込めるので試しに使ってみようかね。

再び殴りかかってくるのを横に躱しながら相手の胸に手を当てスキルを発動。すると魔力が何かにぶつかる感触《かんしょく》があった。やっぱり何かやっていたな。

「テッ、テメェ！」

「囲んでやるぞっ！」

だがスキルを使った男子生徒の顔色に何ら変わった様子がない。手応えはあったはずなのにおかしいぞ。もしかしたら継続的《けいぞくてき》な精神操作を受けているパターンが考えられるな。例えば呪いのアイテムを装備しているとか。

四人で俺を取り囲んで一斉に攻撃を繰り出してくるが、全て認識できているし見えている。データベースではレベル7前後だったしこんなものか。

目の前の男が拳を振りかぶる直前に懐《ふところ》に入り込み鳩尾《みぞおち》に一撃をお見舞い。斜《なな》め後《うし》ろから髪《かみ》の毛を掴もうとした右隣《みぎどなり》の男の手を逸《そ》らして、側頭部に手刀。左から来る蹴《け》りを半歩後ろに下がって空《から》振りさせ、お返しにこちらも回し蹴り。顎《あご》へ滑らすように当てればあっさりと崩れ落ちる。残りは後一人だ。

「お、お前、一体なんなん……」

会話するつもりなんてない。問答無用で後ろに回り込みチョークスリーパーで締め上げればあっという間に居眠《いねむ》り小僧《こぞう》の出来上がり。レベル差がこれだけあると4対1だとしても負けようがないな。

「さてと。何を隠し持ってるのやら」

目の前に並べて一通りポケットや荷物の中身を見たものの、怪しいアイテムは見当たらない。面倒なので防具を全部剥《は》がすことにしよう。

「これは［狂い鼠《ねずみ》の牙《きば》］か。この段階から使っているのかよ」

小さな歯のようなものを数珠《じゅず》つなぎにした首飾《くびかざ》り。《簡易鑑定》で見てみると「20階以降の湿地帯《しっちたい》でポップするネズミ型モンスターの牙」と出るので間違いない。知能や理性が落ちる代わりに力と動体視力を上げる、いわゆる〝バーサーカー状態〟になるマジックアイテムだ。

ゲームでは周防《すおう》が主人公らと戦うために配下の戦闘力を向上させる目的で使っていたが、長時間使用すると精神汚染《おせん》が始まる危険なアイテムでもある。こんな序盤ですでに用意していたとは……実験目的で持たせたとしても一体誰と戦うことを想定していたのか。

こいつらがどうなったところで別に構わないという気持ちはあるものの、周囲から悪《あ》しき思想や差別的な考え方を叩き込まれ、ここまで曲がってしまったという見方もある。ましてやこのような危険なアイテムを恐らく何も知らない状態で渡され実験台にされていたのだ。哀《あわ》れというほかない。

まだ使用してそれほど時間も経っていないので後遺症《こういしょう》はでないだろうけど、そのまま復帰されては面倒なので君達にはここでリタイアしてもらおうか。

背中に抱えていた〝小さな〟バッグから〝巨大な〟ブーストハンマーを取り出し、はぎ取った武具の上に「よっこらせ」と振り下ろして破壊《はかい》する。後は適当に縛《しば》り上げて放置でいいだろう。そこらを歩いているゴブリンに殴られるかもしれないが。手頃な罰《ばつ》として丁度いい。

そろそろ休憩時間が終わってしまう。世良さんの待つ集合場所へ戻るとしよう。

第13章　豚のしっぽ亭

2階の集合場所に戻れば天摩さんがこっちだぞと手を振っていた。

『どこいってたのかな。あ、もしかして秘密の特訓とかしてたり？』

急いで戻ってきたつもりだけどレディーを待たせてしまったようだ。でもそんなことは気にしていないと快く出迎えてくれる。

「そろそろ時間ですけれど……Dクラスの方達が見えませんわね」

「世良様を待たせるとは。Dクラスの奴らめ」

「共に行くというのも互いの同意あってのこと。来ないならば揃っている者のみで行きましょう」

Bクラスのほうでも Dクラスが来ていないと話をしている。だが苛立たしそうに顔を歪《ゆが》めている様子から心配しているわけではなさそうだ。

「我らの荷物を置き去りにして奴らはどこへいったのだ」

「荷物はどうする」

「来ている配下達は傭兵《ようへい》ではなく父上に仕える士族ばかり。荷物を持たせるというのも気が引ける」

何やら貴族たるもの荷物なんて持たないというのが彼らの矜持らしく、ここまではDクラスに荷物を運ばせていた模様。その任務を勝手に放棄《ほうき》しやがって。後でキツいお仕置きをしてやる、と憤慨《ふんがい》しているのだ。ご愁傷様《しゅうしょうさま》である。

その荷物運びがいなくなったことで代わりに目を付けられたのが——そう、俺だ。

「そこな庶民。我らの荷物を託《たく》するとする。身命を賭《と》して任を全《まっと》うせよ」

とかなんとか、公家《くげ》らしき貴族がふんぞり返って言ってくる。指差す方にはリュックが5つ。ざっと見た感じ20kgから30kgくらいあるだろうか。その理不尽な物言いに隣で黙って話を聞いていたフルプレートメイル女子が割って入ってくれる。

『荷物くらい自分達で持ちなよー。それに君達の後ろに助っ人達がいるんだからわざわざ成海クンに持たせる必要ないでしょー?』

「お主の黒ずくめ共と同じにするな。あれらは給仕《きゅうじ》ではなく将来の家臣なるぞ」

『ブラックバトラーだって歴《れっき》とした天摩家の家臣だぞー』

金属製の腰に手を当てプンプンと口で言う天摩さん。後ろを振り返って見てみれば、少し離れたところには異様な集団がいくつも集まっているのが分かる。世良さんの聖女機関らしき巫女装束隊に、天摩さんの黒執事隊。どこかの士族のみで構成された重騎士隊など、貴族ごとにサポート部隊を連れてきている。２階にいるような冒険者とは装備も雰囲気もまるで違うのでとにかく目立つ。

ゴブリンを狩りに来た初々《ういうい》しい男女の冒険者ペアが重騎士に睨まれ怯《おび》えているではないか。学校の試験なので少しは自重して欲しいものだぜ。

それはともかく、断りでもすれば難癖《なんくせ》を付けられそうなので荷物運びくらいしておいたほうがいいだろうな。この程度の重さは今の俺にとって何の苦にもならないのだし。

「大丈夫。荷物運びくらいしますよ」

『成海クンがそういうならいいけどー。でも大変だったらそこらにポイッとしちゃっていいからね。ポイッと』

ぞんざいに放り投げるモーションをしながら言ってくる天摩さん。気遣ってくれるのはありがたいけど、そんなことしたらその場で後ろに控えている助っ人達とも大戦争になるのでやめておきます。

――4階入り口広場。「豚のしっぽ亭」前。

「皆様の予約は入れておきましたので、こちらでランチといたしましょう」

小休憩をいくつか挟《はさ》みながら歩き続け、昼を少し過ぎたところで4階に到着。世良さんが宿泊施設「豚のしっぽ亭」にあるレストランを前もって予約していたようで、そこで皆で昼食をしようと誘ってくれたのだ。

ダンジョンの天井《てんじょう》と壁《かべ》に埋まるように造られているこの宿泊施設は8階建て。一番上にある展望エリア兼レストランは上流階級が利用する特別な場所らしく、入るためには身分証明書が必要。だけど俺達はフリーパスで給仕の人に連れられて通されることになった。

中に入れば大理石を使った真っ白の内装に、キラキラと輝く巨大なシャンデリア。中央にはテーブルクロスがかけられたテーブルがあり、高そうな食器が綺麗《きれい》に並べられていた。こんなところで食べたら成海家の1週間分の食費がたった1食で飛びそうだけど、今回は全て世良さんの奢《おご》りだそうだ。

「どうぞ、お座りください」

「ふむ、それでは遠慮なくいただくとしましょう」

周防が適当な椅子に腰を下ろすと、周りの面々も次々に腰を下ろして寛《くつろ》ぎ始める。世良さんはCクラスの物部さんに興味があるようで頻《しき》りに話しかけ、片や物部さんは若干戸惑いながらも笑顔で受け答えしている。可愛い女の子同士が会話をしていると絵になるもんだね。俺もそっちに――

『それじゃ一緒に食べようか』

天摩さんに手を引かれて向かいの席へ連れていかれる。ところでそのヘルムをしながらどうやって食べるのだろうと見ていると、顎の下の方がパカリと開くらしく、そこから食べるので心配無用とのこと。

全員が席に座ると軽《かろ》やかな音楽が流れ始め、身なりの良い給仕が香り高いお茶を注いでくれる。近所のファミレスでも贅沢を謳歌《おうか》した気分になれる庶民にとっては、かえって落ち着かない空間である。

『おや、指定ポイント到達は1回目の順位が決まったようだねー。ウチのクラスは……1位取れたみたい』

料理が運ばれてくる間、端末で情報収集していた天摩さんによりAクラスの動向が伝えられる。俺もEクラスの掲示板《けいじばん》を見てみると――5着、つまりビリだということが書かれていた。

指定ポイント到達は目的地がランダムで決められ、着順を競う種目だ。今日はまだ初日なので目的地も1階か2階に設定されており、リーダーもEクラスでは能力の高い赤城君。それでも最下位スタートとは随分と厳しい戦いになっているようだ。

その一方でAクラスは主力が到達深度に偏《かたよ》っているにもかかわらず、他の種目でも1位を取っている。層の厚みが違うということだろうか。

しかしこの種目はスタート地点も自由なので運要素も強く関係する。また、目的地もあと数日は浅い階層限定に設定されるはずなのでレベル差は現れにくく、Eクラスにも十分チャンスはある。気を落とさず2回目も頑張ってほしいものだ。

『まぁ層の厚さや運もあるけど、他にも色々と理由があるんだよねー』

その理由は機密なので言えないとのことだが、いくつか予想は付く。例えば世良さんはバフ効果とバフ効果時間を大きく上昇させる《天使の祝福》というチートスキルを持っており、ダンジョンに入る前に移動速度アップをAクラス全員にかけていた可能性がある。

他には〝聖女機関〟の存在。この国に一人しかいない【聖女】を守る名目で作られた国家機関で、そこに属する巫女達は攻略クラン並みのサポート能力を持つスペシャリストばかり。【聖女】の後継者《こうけいしゃ》である世良さんのクラスをサポートすべく、きっとあちこちに配置されているに違いない。

しかし、まるで子供の運動会に親が徒党を組んで参加しているよう。数少ない実力試しをする機会なのだし手を貸すにしてもほどほどにして欲しいものだ。

『指定モンスター討伐はゴブリン20体かゴブリンチーフを1体倒せという指示だったみたい。この程度なら差なんて生まれないよねー』

指定モンスター討伐は名前の通り、指定されたモンスターを倒していく種目。Eクラスからは磨島《まじま》君が率いる精鋭が参加するので期待されている。最初の指定モンスターであるゴブリンはどこのクラスも余裕で撃破《げきは》しているとのこと。

（Dクラスを率いているのは……マズいな）

掲示板によればDクラスの指定モンスター討伐を率いるのはあの刈谷《かりや》らしい。偶然《ぐうぜん》なのか、それともこちらの作戦が漏れていてEクラスの精鋭を叩き潰そうという狙いなのか。どちらにせよ今後厳しい戦いとなるのは必至だ。

『トータル魔石量はまだ情報はないね。ウチのクラスは10階くらいまでほとんど倒さないで進むみたい』

Aクラスのトータル魔石量は低階層のモンスターの魔石など眼中になく、10階を直接目指す作戦らしい。Eクラス――カヲル達は肩慣《かたな》らしと昼食代の魔石稼ぎを兼ねて3階で狩りをしている頃か。今のところトラブルらしき報告は書かれておらず順調のようだ。

クラスメイトの皆は頑張って上位クラスと鎬《しのぎ》を削っていたり生活費という名の魔石集め

に奔走《ほんそう》しているというのに、俺だけ高級レストランでランチにありつけているというのは背徳感があって大変よろしい。店から出て行くときはクラスメイトに絶対バレないよう注意せねば。

ほどなくすると子豚《こぶた》くらいの大きさの、こんがり焼けた肉の塊が運ばれてくる。見た感じ鶏肉《とりにく》のようだが、それにしては随分と大きい。

『〝ママムゥ〟の肉だね。よく手に入ったもんだ』

「ママムゥ？　あの人食いトカゲの肉か」

確か21階以降の湿地帯にポップする巨大人食いトカゲがそんな名前だったな。聞けば金持ちの間で需要《じゅよう》が高く、１００ｇあたり数万円からで取引されているらしい。人食いモンスターなのに人に食されているというのはいかがなものか。

給仕の人がその場で切り分けてくれたので早速食べてみると――確かに美味い。ほどよく軟《やわ》らかく脂《あぶら》も上質。でもやっぱり鶏肉のような味がする。

『ＳＴＲとスタミナがアップするっていう効果があるんだって。今日はこの後10階まで一気に行くみたいだから、成海クンもいっぱい食べておいたほうがいいよ』

「いや、俺は８階くらいでリタイアする予定なんだけど」

『じゃあダイエットの話をしてくれたお礼にウチがそこまで連れていってあげよっか』

目の前で吸《す》い込むようにトカゲステーキを食し、3回目のお代わりまで頼むご機嫌な天摩さん。そんなに食べたらどんなダイエットをしても効果が出ないのでは。

「ところで天摩さん達は何階まで行くつもりなの？」

『15階くらいを予定してるけど他のクラス次第だねー。でも、もしかしたら20階くらいまで行くかもしれないよ。Bクラスもお供をいっぱい連れてきてるみたいだし』

見た限りAクラスの到達深度グループは平均レベルが15から18くらい。それから考えると20階まで行くというのはリスクがあるように思えるけど、優秀な助っ人が後ろに控えているので行けないこともないとのこと。

だがそこまで行かれると8階で引き返しては参加賞が取れなくなってしまう。一人で10階まで行くというのも角が立つので、それなら天摩さんに連れていってもらったほうがいいかもしれない。

『じゃ決まりだね。デザートはどれにしようかなー』

天摩さんはまだ食べ足りないのか、大きなメニュー表を見て食後のデザート選びに夢中になっている。

後ろの大きな窓からは入り口広場が一望できて、同じ学年の生徒らしき集団もいくらか見える。その誰もがこの先1週間を見据えて倹約《けんやく》生活をしているというのに、この空間は別世界のようだ。

そんな風に窓からぼ〜っと広場を見下ろしていると、まるでスパイが敵アジトに侵入《しんにゅう》するような、手慣れた動きをしている女の子が見えた気がした。

第14章 ✦ 大切な仕事

豚のしっぽ亭で豪華なランチを食べ終えた到達深度一行は、すぐに次の階へ向けて出発することになった。

夜は10階にある宿泊施設に泊まる予定で、すでに予約までしているという。4階から普通に歩いていていて向かっていっては今日中に着かないので冒険者が少なくなる7階からは走って移動だ。

『成海クンほらこれ、1つ食べる？　あ～ん』

「お腹まだ減ってないから大丈夫ッス……」

『そう？』

やや薄暗い森MAPを走りながら器用にたこ焼きを食べている天摩さん。他の人達は俺達を置いて先に移動してしまったので、今は彼女と二人きり——などでは決してない。前も後ろも左右も黒ずくめの執事達に囲まれながら走っている。

（別に手を出すつもりなんてないのに、そんな露骨《ろこつ》に殺気を向けないで欲しいのだけど）

天摩商会が保有する〝DUXブランド〟の最新武具をチラチラと見せつけ「うちの令嬢に指一本でも触れたらブッ殺す」というような態度で四方から睨んでくる。先ほど天摩さんが『あ〜ん』とやってきたときなど殺気で空間が歪んだのかと思ったくらいだ。

これまでは目立たないよう離れて付いてきていたというのに、二人きりになった途端にこれである。まぁ周囲のオークや蝙蝠《こうもり》を斬り捨ててくれているのは助かるけども。

『それにしても成海クンってレベルの割には凄いスタミナだよね。一体どういった訓練してたのかなー』

「……ちょっとだけスタミナには自信があるんだ」

重い荷物をいくつも抱えて長時間走っていれば普通ではないことくらいは嫌でもバレる。苦しい言い訳だけど何とか誤魔化せないものだろうか。

最初は俺ごと背負っていってあげると親切心で言ってくれたのだけど、後ろにいる黒ずくめ達の殺気が膨れ上がったので丁寧に辞退した出来事があった。天摩さんにはもうちょっと彼らの溺愛《できあい》っぷりを自覚してほしいものだね。

そして、さらに別の問題もある。

どうやら久我《くが》さんが後ろから追ってきているようなのだ。豚のしっぽ亭の窓からチラッと見えただけで姿をちゃんと確認したわけではないが、Eクラスの掲示板にも久我さんが行方不明だと書かれているので間違いない。隠密スキルを使って尾行《びこう》しているせいか執事達もまだ気づいていない様子。こんなところまで追ってくるとは、いつぞやの練習会のことを怪しんでいるのかもしれない。

（どうすっかなぁ、どこかで撒《ま》ければいいけど）

全く。気苦労の絶えない道中である。


――10階入り口広場。

床《ゆか》や壁がゴツゴツした岩肌《いわはだ》から人工的な石タイルに変わり、天井も薄青《うすあお》色に光っているので外に出たかのような開放感がある。こんなに明るくても時刻はすでに20時を回っており、入り口広場には宿泊用のテントがいくつも張られている。ここを狩場にしている冒険者は時間感覚が狂って昼夜逆転したりしないのだろうか。それにしても――

（やっと着いた……長かった）

道中は全方位からチクチクと殺気を放たれ、後ろからは久我さんに尾行され、予想以上に疲れてしまった。それでも無事に目的地まで到着できたので良しとしよう。

ゴール地点は高級旅館・黒檀亭《こくたんてい》。名前の通り真っ黒い木材を組んで建築された和風の旅館で、4階にある宿泊施設よりも一目で高級な宿だと分かる。エントランス付近は宿泊客《しゅくはくきゃく》専用のテラス席になっており、先に着いていた到達深度一行はそこで遅めの夕食を食べていた。

手前の方に座っていた浴衣姿《ゆかたすがた》の世良《せら》さんがこちらに気づき、にこやかな笑顔で出迎えてくれる。ゲームでも見たことがないその姿についドキマギしてしまう。大変お美しい。

「お疲れ様です、天摩様。宿泊の予約は取ってありますのでどうぞこちらへ」

『あーうん。成海クンとはここでお別れだね。帰りは多少の料金はかかるけどガイドの人に頼めば安全に帰れるよ』

「ここまでありがとう、天摩さん達の今後の活躍を祈るよ」

『うん、頑張ってくるよ！　また学校でねー』

大きく手を振って別れを惜しんでくれる天摩さん。短い間だったけど彼女の陽気な性格のおかげでそれなりに楽しかった気もする。世良さんとも間近で会話ができて浴衣姿も見られたし、無事に到達深度の参加賞も得られただろうし大成功じゃなかろうか。立ち去る前に背中に抱えていた荷物をBクラスの座る席まで届ければ、俺のクラス対抗戦はほぼ終《しゅう》了《りょう》――だと思っていたのに。

「おい。まさか任務を放棄する気ではなかろうな」

「へっ？　任務といわれましても……」

ギロギロと無遠慮《ぶえんりょ》に睨みつけ、低い声で脅《おど》すように言ってくる貴族様方。というか君達、俺のレベルが3だということを分かっているのかね。仮に、本当にレベル3ならこの先のモンスターの攻撃が掠《かす》っただけでも致命傷《ちめいしょう》になるくらい危険なダイブとなるのだよ。

「なに。道中のお主の身は我らが守ってやるから安心しろ。明日の朝9時までにこの場所に来るように」

足元を指差しながらそう言い終えると、こちらに興味を失ったかのように仲間の元へ戻って、さっきまでやっていたカードゲームに熱中してしまう。Dクラスだってこの階層までは来られなかったはずなのに、元々の予定では一体誰に荷物を持たせる気だったのだろう。

荷物を持つこと自体は別に苦にならないからまだいいけど、レベル3の俺がそんな階層まで行ったらどうみても危険だしおかしいだろ。クラスの皆にどう説明すればいいんだ。

（でもまぁ、貴族の頼《たの》みを断るというのも問題か）

貴族と事を構えればどんな面倒事が転《ころ》がり込《こ》んでくるか分からないし、最悪、クラスメイト達にも被害が出てしまう。ここはぐっと堪《こら》えるしかないのかもしれない。

周防や世良さんなどストーリーの重要人物達がこの先をどう戦って進むのか、今後のために見ておくのも悪くない——とかいう言い訳で自分を納得させるのは無理なので、今日は家に帰って不貞寝《ふてね》でもしよう。

試験期間中は腕端末のダンジョン内GPSが強制的にオンになっているため、このまま外に出ると即失格になってしまう。だがこのルールは意外とザルで、荷物と一緒に端末をコインロッカーにでも入れておけば回避は可能なのだ。ということで、あと家に帰る前に片付けなければならない問題は——

（追ってきている久我さんをどうするかだな）

視線は合わせず、いるであろう方向に意識を向ける。しかし意識を向けたところで隠密スキルを使われているせいか何も感じられない。実に厄介である。もういっそ声を掛けてしまおうかと逡巡するも、変に接触すると絡まれて根掘《ねほ》り葉掘《はほ》り聞かれるかもしれないし下手すれば実力行使してくる可能性もある。素直に撒くことを考えたほうがいいだろう。

俺よりレベルが高く、尾行にも長《た》けている現役《げんえき》の諜報員《スパイ》を撒くのはそう簡単ではないが、良い方法はある。そう……男子トイレに逃《に》げ込めばいい。久我さんといえど花も恥《は》じらう乙女《おとめ》。そんなところに入られては追って来られるわけがないのだ。

鼻唄を歌いながら男子トイレの個室に入り、マジックバッグから鑑定阻害の［道化の仮面］と認識力《にんしきりょく》を低下させるダークホッパーのローブを取り出して装着する。

ここのトイレは反対側にも通り抜《ぬ》けが可能なので、あとはそちらに出て行くだけの簡単なミッションである。楽勝だぜと手鏡を使ってこっそり後ろを観察すると――

（なにぃ!?　堂々と男子トイレに入ってきただとぉ！）

フードを深く被《かぶ》りダボダボのパーカーのような服を着ているので一見少年のように見えるが、あれは間違いなく久我さんだ。少し見れば明らかに女性だと分かる程度の変装でしかないので周囲に違和感《いわかん》をまき散らしている。隣で鼻唄を歌っていたオッサンなんて目を見開いて二度見しているではないか。

その久我さんは俺のいる方向すら分かっていないようでキョロキョロしている。探知スキルは持っていないようだけど、仮面とローブをつけていてもこんな狭い所にいては捕まるのも時間の問題。ならばすぐにここから出て、次の手段にいこう。

（この辺りから近い場所となるとあそこか）

今から向かうのはDLCにより追加された「愚者《ぐしゃ》の庭」という名のトロール部屋。リサ達もレベル上げに使っていた場所だ。10階入り口広場から比較的《ひかくてき》近い場所にあるのでここから走ればすぐに着く。

通路の角からこっそり後ろを見れば遠くに久我さんが歩いているのが確認できた。流石《さすが》に追加エリアまでは追って来られない——いや。ウロウロしながらも俺のいる方角に進んできているぞ。

（あれは探知スキルを使っているな……《ディテクト》か）

《ディテクト》は対象にマーキングを付けて追跡《ついせき》するタイプのスキルではなく、人やモンスターの気配を大雑把《おおざっぱ》に読み取るタイプの探知スキル。なので人混みなど混雑した場所では使えなかったのだ。このままではＤＬＣエリアに逃げ込んだとしても追って来てしまう。仕方がない、最終手段を使うとしますか。

胸元からペンダントを取り出し、付いている宝石を握って魔力を流し込む。このペンダントはクエストでもらった緊急脱出《きんきゅうだっしゅつ》用のマジックアイテムで、発動させると魔力登録したゲート部屋までジャンプする効果がある。魔力登録していなければダンジョン外だ。現時点では数を用意できないので普段使《ふだんづか》いなんてできないが、この場で久我さんに捕まるくらいなら使っておくべきだろう。

（ここで逃げても一時しのぎにしかならないけど）

今後の対応に頭を悩ませていると淡《あわ》い光に包まれ、浮遊《ふゆう》感がやってくる——

――10階ゲート部屋。

転移してみれば目の前にヘルムを被った軽鎧《けいがい》の男女が立っていた。こちらに気づくと顔を覆っていた金属の部分をくいっと上げて話しかけてきた。

「颯太か。もう学校の試験はいいのか？」

「あら、丁度私達もお買い物にきたところなのよー」

親父とお袋だ。鎧《よろい》を着ているということは店の仕入れのために来たのではなく、狩りでもしていたのだろうか。オババの店の前には妹の姿も見える。

「おにぃー！　パパもママもレベル13になったよー！」

「レベル10を超えたくらいからお腹も引っ込んできたし、お肌にツヤが戻ってきた感じがするのよね」

「ますますママは綺麗になってるな。そういえば俺も肩こりが無くなったし本当に若返ってきたのか？」

レベル上げは順調のようで、肉体強化による若返り効果が実感できるようになってきたと喜んでいる。ゲームでもレベルアップすると肉体年齢《ねんれい》が最盛期《さいせいき》に近づくとかいう設定があったけど、プレイヤーは誰もが高校生だったので意味のない死んだ設定であった。

仮にだが、親父達がレベル50くらいまで上げてしまったらどこまで若返るのか気にはなるな。

「レベルが上がってこれから3人で処刑場とやらに行く予定だけど、一緒に来られるか？」

「颯太が来てくれると助かるわ。これ、ママに扱えるか不安だし……」

親父とお袋がマジックバッグから取り出したのは、たくさんの〝アレ〟との引き換《か》えにフルフルから貰ったブーストハンマーだ。親父が持っている赤い方が炎のエンチャント、お袋の持つ紫色《むらさきいろ》の方は雷《かみなり》のエンチャントが付与されている。

二人とも今日が初めてのモグラ叩きデビューで、しかも見たことのない初めての武器を振るうとのことで不安そうだ。一応、華乃《かの》には狩る方法とブーストハンマーの使い方を教えたのだが、まだ慣れてなさそうだしそれなら俺が一緒に行って実際にモグラ叩きを実演してみたほうがいいだろう。ゲートで行けばすぐだしな。

「今日はもう家に帰るだけだったし付き合うよ」

「やったー♪　おにぃがいればなんちゃらバロンも倒せるねっ！」

「凄いモンスターだって聞いてるけど、どんなのか楽しみだな」

「そうね、ちゃんと写真も撮《と》っとかなきゃ」

今日も今日とてマイペースな成海家である。


「ここ雰囲気がすっごくいいわね！　さいこー！」

10階で買い物を終えて15階のゲート部屋に転移した成海家一行は、殺風景で極度に乾いた大地を歩いて、今日の狩場の目的地である〝亡者の宴〟に向かっている。

道中の枯《か》れた樹木には前に来たときと同様にいくつもの死体がぶら下がっており、遠くには乱雑に建てられた墓石が点在し、周辺にはアンデッドが蠢《うごめ》くホラー要素満載《まんさい》のフィールドMAPとなっている……のだが、お袋は楽しげに持っていた端末のカメラ機能をフル活動させ、シャッター音を鳴らしまくっている。

なんでも親父によれば、お袋はホラーが大好きで日本各地にある遊園地のお化け屋敷は全て巡《めぐ》って制覇《せいは》した経歴を持っているらしい。この15階はこれまでの階層と比べても一層雰囲気が暗鬱《あんうつ》としており、これから向かう狩場もどんなところなのか楽しみで仕方がなかったようだ。

一方で華乃はそんな趣味《しゅみ》は理解不能だとでもいうような顔をしている。それには俺も同意意見だ。最近はアンデッドを狩りまくっているので多少慣れはしてきているものの、それでも目の前に広がる終末的な光景を見たところで全く心は安らがない。世の中いろんな人がいるのだなと実感する。

そんなわけで妙にハイテンションになっているお袋は放っておき、ブーストハンマーについての説明を続ける。

「これに魔力を流しながら強く振れば……エンチャントが自動発動するのか？」

「ああ。当たれば勝手に発動するよ。炎のエンチャントはアンデッドに特効ダメージがあるし、モグラ叩きには最適なんだ」

ブーストハンマーは魔力を流しながら強く振ればヘッドの後ろ側が爆発して加速支援《しえん》してくれる特殊武器だ。そのおかげでＳＴＲがさほど高くなくても大きなダメージを叩き出すことができる。

ダンジョン30階以降では割とメジャーな鈍器なのだが、こちらの世界ではその階層まで辿り着ける冒険者がほとんどいないので、市場にもまだ出回っていないようだ。

「こっちの紫の方はどうなの？　雷が付与されてるって言ってたよね」

「雷のエンチャントは低確率だが電気が出て麻痺《まひ》させることがあるぞ。強敵や対人戦には効果が高いな」

「すっごーい！　これって実は物凄い高価なんじゃないのかなっ！」

手にした紫色のブーストハンマーを傾《かたむ》けてあちこちチェックがてら、瞳《ひとみ》に〝$〟マークを浮かべる華乃。対人戦においてデバフ武器は効力が顕著《けんちょ》に現れやすく、恩恵も大きくなる。たとえば麻痺させる時間がたった０・５秒だとしても、その僅《わず》かな時間で体勢を崩したり一撃を入れることができれば勝負が決まることがあるからだ。

その他には強力なスキルの発動を止めたりと、一瞬の隙すら見せられない高度な戦いになればなるほどデバフの効果も大きくなる。

ちなみに普通の対モンスター戦を考えるならば、デバフ武器よりも効率的かつ大量に狩れる高火力武器のほうが好まれる。

「対人戦か。やっぱりダンジョンの中は治安が悪いし、身を守るためにもある程度はこなせたほうが良さそうだな」

「どうすれば対人戦って強くなるのかなっ」

「まずはレベルを上げることだな。それが一番効果が高い」

以前に華乃が冒険者に攻撃を加えられたことを思い出し、親父がダンジョン内の治安の悪さを懸念する。ダンジョンで危険なのはモンスターだけではないので、対人戦にも対処できるよう準備しておくことは重要となる。では具体的にどうすればいいか。

まず対人戦にかかわらず、マジックフィールド内においてはレベルこそが正義である。戦う相手とのレベル差が10くらいあれば装備や経験など些末《さまつ》な問題となるからだ。仮に有名なプロの格闘家《かくとうか》であってもレベルを上げていないなら、親父やお袋に勝つことは不可能のはずだ。

「じゃあさ、レベルが同じだとしたら、やっぱり装備とか経験が重要になるの？」

「それらはもちろん重要だぞ。だからこそ俺達も装備を強くして経験を積もうとしている。だけど対人戦ならそれ以上に速さが大事になってくるな」

「速さ？　確かに重要だとは思うがそこまでか」

レベルが同じなら何が勝敗を分けるのか。それは装備や経験ではないかと華乃は考えたようだが、対人戦などギリギリの戦いをする場合に限っては移動速度や機動力、俊敏性《しゅんびんせい》などの速さこそが重要になる。その答えは親父にとっても予想外だったらしく、不思議そうに理由を聞いてくる。

確かに強力な武具があれば倒せる可能性や生存率も高まるし、戦闘経験が豊富であれば戦術眼も良くなり臨機応変な戦術を取れるようになる。命を懸《か》けた戦いでは、それらが勝敗を大きく左右する要素であることは間違いない。

だがそもそもの話、そんな勝てるかどうかの戦いなどすべきではないのだ。

「逃げるが勝ちだからだよ。移動速度に分があるのなら勝てない相手にも逃げるという手段が取れるし、勝てると思ったのならその俊敏性や機動力で翻弄すればいい。大切なのは負けないこと。負けなければ何度でも挑めるからな。だからこそ家族には速度バフを覚えて欲しかったんだ」

逃げるための移動速度。勝つための俊敏性・機動力。速ささえあれば負けない可能性が高まる。ダンエクの対人戦でも速さは最重要パラメータだった。

「速度バフって、ここに来る前に言ってた《アクセラレータ》っていうスキルか」

「みんなで【ローグ】になったのはそのスキルを覚えるためなんだよね」

移動力を30%上げるバフスキル《アクセラレータ》を全員に覚えて欲しかったのでここに来る前に【ローグ】にジョブチェンジしてもらった。すでに覚えていた華乃は早速足元に青白いエフェクトを出してそこらを走り回る。

「これすっごく楽しいんだよー！　ひゃっほー！」

「おぉ、こりゃ速いな」

砂や砂利《じゃり》が多く足場の悪い丘陵《きゅうりょう》にもかかわらず、そこいらの自動車よりも速度がでているだろうか。そのせいで華乃の走った後方には巨大な砂煙《すなけむり》が立ち昇《のぼ》り、呑気《のんき》に写真を撮っていたお袋を驚かせている。そのまま周囲を一周して気が済んだのか目の前で急ブレーキをかけて戻ってきた。

「速さもだけど、これから行く狩場は装備も揃えられるんだよね。早く純ミスリルの防具を揃えたいなっ」

「純ミスリル？　ママも純ミスリルのアクセサリー欲しいなー。チラッ」

「そ……そうだな。こほん」

　純ミスリルと聞いて飛んできたお袋が「イヤリングが欲しい」と親父に聞こえるようにボヤく。ミスリルはマジックフィールド外だと銀と性質が変わらなくなってしまうものの、非常に手に入りにくい希少な金属のため世のマダム達にとってはステータスとなっている宝飾品なのだ。

　ただし純度１００％のミスリルともなれば同じ重さでも金の１００倍近い価値があるため、イヤリング程度の量ならともかく武具を作るともなれば億に届くほどの途方《とほう》もない価格となってしまう。当然、我が家に買えるだけの財力なんてあるわけがないのだが、集めることはできる。

「これからレベルを上げてぇ、スキルを覚えてぇ、ついでになんちゃらバロンをたくさん倒してミスリルをいっぱい集める。一石三鳥だね！」

「ステキ！　ママも張り切っちゃう！　明日も明後日《あさって》もやるわよー！」

「颯太は明日も来れそうなのか？」

ミスリル欲しさにやる気を出した華乃とお袋が、これから毎日モグラ叩きをやるぞと宣言する。だけど俺は明日も学校なのである。

「クラス対抗戦に行かないといけなくなっちまったんだ」

「えぇ～！　ブラッディーなんちゃらをまとめていっぱい倒したかったのにぃ」

兄ちゃんはな、大切な仕事《パシリ》を頼まれて忙しくなっちまったんだよ。本来はクラス対抗戦なんて初日でちゃっちゃと終わらせて、家族と一緒に狩りの時間にしようとしていたのに。

まぁ俺がいなくても安定して狩れるよう、みっちりと指導しておけばいいか。

「あ、サツキねぇからメールがきてたっ。明後日くらいから来ていいって。やったー！」

「行くときはちゃんと正体を隠すんだぞ」

どうしてもクラス対抗戦に参加したかったようでサツキに何度も催促のメールを送っていたところ、ついに来ていいと返事がきたとのこと。冒険者学校の試験では何をやっているのか、生徒のレベルはどれほどなのか偵察《ていさつ》しにいくと意気込んでいるけれど、華乃があまりはしゃぎ過ぎないよう上手くコントロールしてくれと、俺からもお願いのメールを送っておこう。

そんな話をしていれば、いつの間にか目的地のＤＬＣエリアに入っていたようだ。空を見れば暗く不気味な雲が渦を巻いており、暗鬱さが一層増している。絶好のモグラ叩き日《び》和《より》である。

そんじゃ憂《う》さ晴《ば》らしも込めて頑張るとしますか。

第15章 ✦ Eクラスの現状①

―― 立木直人《たちぎなおと》視点 ――


クラス対抗戦3日目。朝の定時連絡《れんらく》。Eクラスの参謀を任された僕は情報を集めるために指定ポイント到達グループを率いるユウマと端末で話し合っていた。

『絶対におかしい。少し探りを入れてみたほうがいいかもしれない』

「それは……いや、何か分かったら連絡をくれ。健闘を祈る」

『あぁ。ナオトも。それじゃ』

互いに頑張ろうと言い終えて通話を切る。予想以上に芳《かんば》しくない状況に思わずため息をついてしまう。

僕達の当初の作戦では、浅い階層が主戦場である前半戦――つまり今日までにできるだけ点数を稼いで逃げ切るというものであった。そのためには最低でもDクラスを上回る点数を獲得しなければいけない。後半戦は主戦場が5階以降になってしまうため、平均レベルが低い僕らEクラスでは不利な戦いとなってしまうからだ。

しかしながら指定ポイント到達を率いるユウマから届いた報告によれば、今まで8回やって全て最下位。上位のクラスどころかDクラスにすら一度も勝てていないと言う。

指定ポイント到達はランダムに決められたポイントへ着順を競う種目。スタート位置は自由なのでポイントが発表されたとき、近くにいるクラスが大きなアドバンテージを得ることになる――はずなのに。

ユウマ達はDクラスより大分近い位置にいたときでさえも先を越されてしまっている。道中にモンスターだってたくさんいたはずなのに、とても倒して進んでいるとは思えない速さだったという。

当然、倒さずに引き連れていけば後ろにはモンスタートレインが出来上がる。そのような迷惑《めいわく》行為が発覚すれば一般冒険者や他のクラスに通報され、一発で試験失格というペナルティを負うことになる。Dクラスが未《いま》だ失格していないということは何かしらの手段でモンスターを処理しているのだろう。では、その手段とは何か。

最初に思いついたのはやはり助っ人の存在だ。出会ったモンスターを助っ人に押し付けてしまえば戦闘時間を大幅《おおはば》に削減《さくげん》でき、多少スタート位置が悪かったとしても挽回《ばんかい》は可能。

しかしこれは手元にある報告と相反してしまう。

考えをまとめるためにも隣で聞いていた彼女と意見交換をしておいたほうがいいだろう。

「新田《にった》。先ほどの報告についてどう考える」

「ん～。Ｄクラスの助っ人って、全員がトータル魔石量のサポートに付いてたはずよね～？」

「あぁ。大宮《おおみや》の情報が確かならな」

助っ人の存在が発覚したときはクラス内が動揺し大きく荒《あ》れた。ユウマや磨島達の懸命《けんめい》な説得により今は何とか鎮静化《ちんせいか》できているが、これ以上Ｄクラスと点数差が広がることになれば自暴自棄《じぼうじき》になるクラスメイトが出てきてもおかしくない。そうなったらＥクラスの士気はドミノ倒しのように崩れていく。

対策を立てるためにもＤクラスの助っ人がどれくらいの強さで何人いるのか早急《さっきゅう》に調べる必要があった。その調査を買って出たのが大宮だ。

その後、数時間でどうやって調べたのかは分からないがリサのもとに詳細な報告が上がってきた。それによれば太陽のバッジを付けたレベル8前後と思われる冒険者6名が、ＤクラスのトータルＡ魔石量グループをサポートしているのを確認。それ以外の種目に助っ人の姿は見当たらなかったとのこと。

大宮の情報を前提に戦略を練り直して何とか巻き返しを図りたいところだが、先ほどのユウマの報告によると、トータル魔石量だけでなく指定ポイント到達にも助っ人がいる可能性を示唆《しさ》している。つまり大宮の上げてきた報告と矛盾《むじゅん》しているのだ。

「う～ん。サツキの情報は信じていいと思うの。でも指定ポイント到達は何か秘密があるのは確かね～。例えば……」

新田が人差し指を頬《ほお》に当てながら思考を巡らす。これまでは大人しかったものの、昨晩あたりから積極的に意見を言ってくれるようになったのだ。彼女の知恵と才覚には大いに期待している。

「Dクラスはトータル魔石量を～、指定ポイントのサポートに付けている、とかかな～？」

「ふむ。確かにそれなら説明は付く。しかし……」

「点数配分の多いトータル魔石量を犠牲《ぎせい》にしてまで、サポートに回すのはおかしいよね～」

現在、指定ポイントは4階から5階が舞台《ぶたい》。サポートしながら魔石集めだってできないことはないが、収集効率は確実に落ちる。おかげで魔石量勝負ではサクラコとカヲル達の奮闘《ふんとう》もあり、僕らのクラスがDクラスを上回ることができている。

ただでさえDクラスは到達深度グループが全員リタイアするというアクシデントに見舞われているわけで、このままトータル魔石量も落としたならEクラスに逆転……まではいかなくても肉薄《にくはく》されることになる。それは散々僕らを馬鹿にしてきた彼らにとって屈辱的《くつじょくてき》なことだろうし、この現状を放置するとは思えない。

「やっぱり妨害《ぼうがい》を仕掛けてくるのかな～。希望を持たせておいて、最後に叩き落とすみたいな」

「もしものためにサクラコとカヲル達にはあまり離れず動くよう指示しておくべきか」

「でも～あっちにはサツキもいるし、大丈夫だとは思うんだけどね。それに特別な助っ人、も頼んであるし～」

「特別な……助っ人だと？　それはどんな人物だ」

僕らEクラスが苦境に追い込まれているのは平均レベルの低さが一番の理由であるものの、他クラスに付いている助っ人の存在も大きな要因であった。だが、僕らにも助っ人が来てくれるなら話は別だ。逆転の目だって出てくるかもしれない。一体どれほどの者なのか、実力次第では戦略の幅《はば》も変わってこよう。食いつくように聞いてみると――

「ふふっ。内緒《ないしょ》♪」

新田は口に人差し指を当て、いたずらっぽく笑うだけで教えてはくれなかった。

――早瀬《はやせ》カヲル視点――

「おかしいわ。ここもモンスターが見当たらない」

「これは狩られてるねっ。もっと奥に行ったほうがいいのかなっ？」

２日目までダンジョン４階を狩場としていたものの、戦闘に慣れてきたこともあり今日からサクラコ達とは別行動で５階入り口付近に狩場を移すことにした。しかし周囲のモンスターは狩り尽くされているためかほとんど発見できず、奥に狩場を移したのだけど……ここも同じ。どこかの集団がこの辺り一帯で狩りを行っているのかもしれない。

ただ立っていても時間の無駄なのでさらに奥へ行こうと大宮さんが提案してくる。

「５階に来てからまだちょっとしか戦闘をできていないし慎重にいくほうがいいと思うのだけど。ただでさえ一人少なくなってるのよ」

「でもっ、せっかくＤクラスを上回る成績を上げられている今、手を緩めるのは勿体《もったい》ないと思うなっ」

月嶋《つきしま》君が「でっかい魔石を取ってきてやる」と言って勝手にどこかへ行ってしまい、私達のグループは一人少なくなってしまったのだ。全く……心配する私達の身にもなって欲しい。

それでも嬉しい誤算はあった。大宮さんが想像以上に戦闘慣れしていたのだ。メインタンクを私以上に上手く熟《こな》せたため、戦闘回数を飛躍的《ひやくてき》に伸ばすことができ、パーティーとしての安定感も増した。

磨島君やユウマのいる種目が苦戦を強《し》いられ、さらには上位クラスの助っ人の存在が明るみに出てクラスメイト達が意気消沈《いきしょうちん》していた中でも、私達トータル魔石量グループはそれなりの成果を上げて士気も保っていられた。それも全て彼女のおかげといっても過言ではない。

ここで手を緩めず魔石量を稼ぐことができれば、後半に失速するであろうクラスの勢いに火を付けられるかもしれない。私と大宮さんがいれば多少の無理も利《き》くはずだし、やってみる価値はありそうだ。

「それならもう一度だけ奥に行ってみましょうか。ここからだと……安全地帯が近くにある、あの地点がいいかしら」

「それじゃみんなっ、もう少しだけ移動しましょ」

「はーいっ」

今のところ私達トータル魔石量グループは上手くいっているせいかメンバーも小気味好《よ》い返事で応えてくれる。最初はどうなるかと不安に思っていたけど、この調子でいけば私達はクラス対抗戦をきっと乗り越えていける。たとえ勝てずとも今後に期待だって持てるはずだ。諦《あきら》めてなるものか。

でも、こんな奥までモンスターがいなくなるなんて、珍しいことがあるものね。

南へ２㎞ほど歩き、目的の狩場へと到着する。モンスターがポップしない安全地帯もここから近いので疲れたときに休憩することもできる。ここまで来ればモンスターがいないなんてことはないだろう。

「それじゃ早速釣《つ》って……ちょっと待って。何かが向こうからっ」

「どうしたの……えっ?」

大宮さんがモンスターを釣ってこようと一歩踏みでたものの、異変に気付いて耳を澄《す》ませる。振動《しんどう》、というより小さな地響きのようなものが私にも感じ取れた。これは良くない音だ。

「誰かがモンスタートレインをやっているよ！　それも普通じゃない規模！」

後ろでクラスメイトが双眼鏡《そうがんきょう》を取り出し様子を伝えてくれる。２００ｍほどまで迫り、ようやく全体像が見えてきた。あれは……オークロードだ！

頻《しき》りに鳴き声を上げながら走っている。あそこまでオークが興奮しているのは普通ではない。何か挑発するようなことを繰り返しやっていたはずだ。後ろに続くのはオークソルジャー、少なくとも50体以上が召喚《しょうかん》されている。あれほどの大規模トレインに巻き込まれてしまえば私達とて無事では済まない。一刻も早くここから離《はな》れるべきだ。

「見てっ、あそこ！　三条《さんじょう》さん達がいるよ！」

「え？」

オークロードが向かっている先に目を向ければサクラコ達のグループが散り散りになっている姿が見えた。統率《とうそつ》なんてものはなく個々が酷《ひど》く怯《おび》えた表情で別々の方向に走って逃げている。サクラコ以外のレベルは5に満たないため、あれではたとえトレインからの逃《とう》走《そう》が成功したとしても単独行動中にモンスターと出会ってしまえば命取りになる。どうすればいいの。

「落ち着いてっ！　私が行くからみんなは一塊《ひとかたまり》になって来た道を戻っててっ！」

大宮さんは腰からナイフを取り出してあの中に一人で行ってくると言う。無茶《むちゃ》だと叫ぼうとするものの、誰かがあのトレインの進行方向を変える以外に救う手立てがないのも事実。だけど――

「私は大丈夫。早瀬さんっ、みんなを頼んだよっ！」

アタフタとしている私の目を見ながらそう言うと、恐るべき速度で走り去っていく。見ればトレインが今にもクラスメイトの前で解き放たれようとしている。もう考えている時間はない。ここは大宮さんを信じて動かなくては。

「みんなっ、こっちよ！」

第16章 ✦ 二人の般若《はんにゃ》

　ダンジョン13階。枯れた草木しか生えていない荒れ果てた丘の上で、到達深度一行は静かな夜を過ごしている。俺はといえば先ほど簡素な夕食を食べ終え、焚火《たきび》を囲っているところだ。

「しかし寒いな……」

　この丘は通称「風の丘」とも呼ばれている安全地帯で見通しが良く、冒険者によく利用されているキャンプ地である。しかし高所MAPのせいか気温が低く、冷たい風が吹《ふ》き付けてくるので非常に肌寒《はださむ》い。

　持って来たパーカーを羽織り、すっかり冷たくなった手を焚火に近づけて温める。こうして寒風に吹かれながら雑魚寝をする生徒は一般庶民の俺と、Cクラスの面々だけだ。

　貴族のみで構成されているAクラスとBクラスは、丘のてっぺんにお付きが持ってきた簡易組み立てハウスを建て、そこに寝泊《ねと》まりしている。空調や灯《あか》りの魔導具も完備されており非常に快適そうだ。元の世界ではあんな物は無かったので構造や内装がどうなっているのか興味をそそられる。

そんな静まり返った夜の丘に、少女の声が木霊《こだま》した。

「しかし兄上っ、私はまだいけます！」

Cクラスの到達深度グループを指揮する物部芽衣子《もののべめいこ》ちゃんだ。話しかけている相手はボロボロのマントに傷だらけの黒い鎧、真っ黒い牙の生えた般若の仮面という、夜道で出会ってしまったらチビってしまうこと間違いなしの不気味な男。芽衣子ちゃんのお兄さんだという。

遠目からは粗末《そまつ》な装備に見えるが、よく見てみれば身に着けているもの全てに魔法が付与されており、そこらの冒険者と一線を画していることが分かる。特にあの般若の仮面は複数アビリティが付いたユニークアイテムであろう。あんなモノを一体どこで手に入れたんだか。Cクラスの助っ人として来たようだけど、こんな化け物みたいな男を寄こしてくるとは、鷹村《たかむら》君に自重という単語とその意味を教えてやりたい。

その化け物お兄さんは低い声で諭すように言い返す。

「……お前の仲間の状態はどうだ。人を率いる身ならよく見定めなければならない」

「くっ……」

Cクラスの到達深度グループの平均レベルは12から13ほど。クラスでも実力者だけで構成されており、この13階でも十分に戦えるレベルではある。しかし今は疲労《ひろう》のため早々に寝込《ねこ》んでしまっている。

物理攻撃が通じないレイス対策をするために魔法系ジョブを何人も連れてきたようだが、不運にも連戦となり何度かMPを切らしてしまった。一度MP切れを起こすと疲労困憊《こんぱい》となってしまうため、リーダーである芽衣子ちゃんが戦闘タイミングや引《ひ》き際《ぎわ》を見極め、後衛のMPを管理すべきだったと言っているのだ。

「でも、兄上が来てくれたのなら進めますっ」

「俺は手伝わない。お前らの成長を見守るために来ただけだ。進みたいならもっと強くなれ」

確かにこの人が手助けしてくれるなら20階にでも行けてしまうだろう。だけど手伝う気は全くないようで、妹の頼みをあっさりと拒否《きょひ》してしまう。大切なのはAクラスに上がることではなく強さを手に入れること。手段と目的を履《は》き違《ちが》えるなと厳しい言葉を投げる。芽衣子ちゃんは涙目《なみだめ》だ。

とはいえお兄さんが言うことも一理ある。冒険者大学進学を目指しているならともかく、一流の冒険者を目指すなら強さこそが正義だろう。これ以上進めないと言うのならレベルを上げて経験を積み、強くなってから再挑戦《さいちょうせん》すればいい。

だが一切《いっさい》手伝わず、妹を見守るという理由だけでこんなところまで出向くとは……さてはシスコンだな。

温かい茶を飲みつつそんな兄妹《きょうだい》の会話に聞き耳を立てていると、芽衣子ちゃんは「もういいですっ！」と言って不貞寝してしまった。Ｃクラスの仲間の前では気丈な姿を見せていたものの、お兄さんの前では可愛い妹になるのは中々ポイントが高い。一体どういう教育をしてきたのか、参考にしたいところだ。

「……悪いな、変なところを見せてしまって」

「あ、いえ」

見張りは般若のお兄さんがやってくれると言うので俺も遠慮なく寝ようかと考えていると突然ぼそりと話しかけてきた。この薄暗い中でもその仮面を外さないのは怖いんですけど。

「成海といったか。どうしてお前ほどの奴が荷物持ちなんてしているんだ」

「お貴族様に頼まれまして……って。お前ほどとは？」

どういう意味だろう。この人の前では一度も強さなんて見せていないし、《フェイク》だって見破られた形跡《けいせき》もない。装備だってうちの店でホコリをかぶっていたお古の豚革鎧《ぶたがわよろい》だ。もしかしてこの俺の溢《あふ》れ出るスター要素を見抜《みぬ》いてしまったとか。

「この階のアンデッドモンスターを見てもお前の瞳にゃ恐れが全く見えなかった。それに俺の勘《かん》が……お前は只者《ただもの》ではないと言ってくるんだ」

「はぁ」

モンスターは常時弱い《オーラ》を垂れ流している状態なので、普通であるならば格上モンスターを見ただけでも恐れおののくものだという。そういえば俺も初めて格上のオークロードを見たときはチビりかけた記憶がある。これからは怖がるフリくらいはしておくべきだろうか。

クックックと喉《のど》を鳴らしながら「冒険者学校のEクラスにゃたまに出るんだよ、真正の天才が」などと独り言ちる。なんでもEクラスにはカラーズのリーダーである田里虎太郎《たさとこたろう》のように定期的に天才が出てくるそうだ。でも俺は天才なんてものではなく、ゲーム知識チートを使ってズルしているだけである。しかし田里もEクラスだったとはな。

「今後も貴族からちょっかいを出されるだろうが、お前ならどうとでもなりそうだな。ということで俺んとこに来てみねーか?」

「……俺んとことは?」

「俺のいるクランだ。リーダーもお前を受け止める器は十分あると思うぜ。まぁ気が向いたら考えておいてくれ」

何を言っているのだろうか。くノ一レッドのようにキャッキャウフフができそうなクランならば考えなくもないが、こんな不気味な男がいるクランなど正直行きたくはない。メンバーでこれならクランリーダーは間違いなく妖怪《ようかい》か何かの類《たぐい》であろう。


さてと。明日も早いというし俺もさっさと歯を磨いて寝袋《ねぶくろ》に入るとしよう。


「――おい、起きろ」

コツンと頭を叩かれたので目を開けてみると、何人もの黒服が俺を見下ろしていた。何事だろう。眠《ねむ》い目で腕端末の時計を見てみれば……まだ真夜中の1時じゃないか。

「ボスがお呼びだ。今すぐに来い」

ボスって誰だ。よく見てみれば俺を見下ろしていた全員が黒服で、胸には〝天〟というマークが付けられていることから天摩家の執事達だと分かる。つまりボスというのは執事長のことだろう。

こんな真夜中の呼び出し。しかも無愛想《ぶあいそう》に睨みつけて起こしてくるとは嫌な予感がヒシヒシとするぞ。とはいっても断れそうな雰囲気でもないので仕方がなく付いていくことにした。

冷たい夜風に吹かれつつ執事の後を数分ほど歩いてついていくと、十人ほどの黒ずくめ執事達が椅子を輪のように並べて座っているところに案内される。その中央には黒いワンピースに大きなフリル付きの白いエプロン、黒髪《くろかみ》にカチューシャと、これぞメイドというような女の子が足を組んで座っていた。

彼女以外は男女共に全員黒服のスーツを着ているというのに、一人だけメイド姿なのでこれまでの道中でも非常に目立っていた。そしてこの方が天摩家の執事達を取り仕切るボスである。

「よくぬけぬけと顔を出せたな、小僧」

「え？　え～と……」

仇敵《きゅうてき》をみるかのように憎々《にくにく》しげにこちらを睨みつけているメイドさん。俺の知っている彼女と違う人なのだろうか。

ゲームでは天摩さんを攻略し恋人関係になると、セットで仲良くなれるという天摩さん専属のメイドがいた。よく気が利き、いつも笑顔を絶やさず甲斐甲斐《かいがい》しく主人公の世話をしてくれるので、他のヒロイン達に並ぶほど人気のあるキャラだった。ダンエク運営にも攻略させてくれと多くの要望が寄せられたと聞いている。

だというのにこの態度と言葉遣《ことばづか》い……そして狂暴《きょうぼう》な表情。さては双子《ふたご》のお姉さんとかいうパターンだな。顔の作りは似ていても同一人物とは思えない。

「目的は何だ。正直に答えろ」

「……目的とは？」

「巧《たく》みな話を持ちだしてお嬢様《じょうさま》に近づいただろう！」

周りの黒ずくめ執事達も一緒になってギロギロと睨みつけてくる。巧みな話って、ダイエットのことだろうか。

天摩さんは天摩財閥《ざいばつ》グループ総帥《そうすい》の一人娘《ひとりむすめ》でとても可愛《かわい》がられており、執事達からの信頼《しんらい》も厚い。そこに得体のしれない男が近づいてきたら警戒《けいかい》くらいはするか。

「別に他意なんてないですよ。天摩さんとは友達として話していただけです」

「と、と……友達だとぉ？　き、貴様ぁ！」

突如、般若のような形相になって怒《いか》り狂《くる》いだす。見ていた周りの執事達もさすがに危ないと思ったのかメイドさんの腕を掴《つか》んで止めに入ってくれた。あまり馴《な》れ馴れしいことは言わないほうがいいかもしれない。

「分かっているとは思うがお嬢様に指一本でも触れたら……お前は即あの世行きだからな」

「ええ、分かってますよ」

「お嬢様を泣かせたらただではすまさんからなっ！」

「誠心誠意努力しますとも」

　このメイドさんや執事達がどれほど天摩さんを愛しているのか、プレイヤーなら知っている。目の前にいる彼らは貴族やクランの対立、抗争《こうそう》などで追われたり行き場をなくしていた元冒険者達。それを天摩家直属のボディーガードとして黒服を与え囲ったのが天摩さんなのだ。窮地《きゅうち》を救った上に保護までしてくれた天摩さんと天摩家に対する忠誠心は揺るぎない、というのは分かるけど、ちょっと過保護すぎやしませんかね。

「それと……あの男と何を話していた」

　ガルルと牙をむくように威嚇《いかく》していたと思ったら、急に真剣《しんけん》な表情になるメイドさん。一人で焚火を眺めている般若のお面をした男を指差して言う。俺もあの人のことはよく知らないのだけど誰なんですかね。

「世間話というか。まぁ大した話ではないです。どういった方なんですか？」

「アイツが人と話すとは珍しい……いや、何もないならいい」

メイドさんは一瞬酷く真剣な顔で思案したと思ったら、お前はもう用済みだと言わんばかりにシッシと手で払いのけてくる。思ったよりあっさりと解放してくれたのは助かったけど、次回起こすときはもう少しお手柔《てやわ》らかにお願いしますよ。

うぅ、冷えてしまった。さっさと戻って寝袋に包《くる》まるとしよう。

翌日。キャンプ地を出発して14階へと続くメインストリートを歩いていると、隣にいた天摩さんがおどけながら言ってくる。

『あんな凄い人が助っ人に来たっていうのに帰っちゃったねー。ウチのクラスでもヤバいかもって声が出てたんだけど』

そう。Cクラスがこの13階でリタイアすると言って来たのだ。芽衣子ちゃんは不本意な顔をしていたものの、後ろにいるメンバーの顔を見るに疲れが抜けきっておらず、お兄さんの助力も得られないとなればリタイアせざるを得ないだろう。この悔しさをバネにした彼女がどう成長するのか、楽しみでもある。

ということで俺も便乗してリタイアしたいと伝えにいったのだけど、予想通り荷物運びを続行しろと強要されてしまった。なんでもAクラスとBクラスの話し合いにより20階まで行って同時優勝にしようと決まったそうで、恩着せがましく「荷物持ちをするならそこまでタダで連れてってやる」と言ってきたのだ。

Aクラスも Bクラスも1位を狙うために高レベルの助っ人を大勢連れてきたはいいけど、そのせいで危険な21階以降まで勝負がもつれ込むことが確定的となってしまっていた。このままでは大事な家来である助っ人達に被害が出かねず、20階で手打ちにしたというわけだ。

問題はそれを言いだしたのが周防だということ。ライバルである世良さんや普段見下しているEクラスと仲良く同時優勝しようだなんて、ゲームの周防を知ってる俺からしてみたら裏があるとしか思えない。謀略の可能性が疑われる。

それでもAクラスやその助っ人達には手練《てだ》れも多く、これだけの人に囲まれていれば周防が策を弄《ろう》したところで成功するとも思えない。天摩さんも執事達の危険を回避できるなら と手打ち案を支持したようだ。

俺としてはこれ以上Bクラスの戯言《たわごと》に付き合う気など無かったのだけど、同率1位が取れるなら大きく出遅《でおく》れているEクラスに堂々と貢献できる言い訳も立つ。

（それに……天摩さんもいるしな）

隣ではフルプレートメールを着た天摩さんが鼻唄を歌いながら軽やかなステップで歩いている。Ａクラスのお仲間とは打ち解けていないようだけど、俺とは気兼《きが》ねなく話してくれてとても楽しいのだ。そんな彼女が一緒に行こうと誘ってくれたから、行ってもいいかなという気持ちになったわけだ。

それでもあまり近づくと後ろの離れたところから監視してるメイドさんや黒執事に睨まれるので、距離には注意しないといけない。

『でも成海クン。〝黒歯《こくし》〟と色々と話してたようだけど、知り合いだったの？』

「こくし？」

『うん。称号《しょうごう》……二つ名のようなものだね』

なんでもあの般若のお兄さんは日本最大の攻略クラン〝十羅刹《じゅうらせつ》〟の大幹部だとか。芽衣子ちゃんは鷹村君のお付きだったたし、そのお兄さんも十羅刹の関係者とは思っていたけど、まさか幹部だったとは。

十羅刹は貴族やクランとも度々衝突するなど抗争の絶えない超武闘派《ちょうぶとうは》クランだ。彼はそんな幾多《いくた》の抗争の中で敵対する幹部や組織を次々と滅《ほろ》ぼして頭角を現し、二十歳《はたち》そこそこで巨大組織の幹部に抜擢《ばってき》された超アブナイ奴なのだそうだ。

話していてもＰＫと相対しているような感覚はあったし、かなりの数を殺めている気もしていた。ゲームでは十羅刹の名前だけはよく登場していたものの、実際にどこかと戦っていたり幹部が出てくるようなシーンはなく、俺も大した情報は持ち合わせていない。

『あそこはおかしなのが多いけど黒歯は特に危険な奴だねー。大貴族の豪邸《ごうてい》に単身で乗り込んで百人いた護衛を相手に大乱闘《だいらんとう》をしたって話も聞いたし。ウチの執事達も神経を使ってたよ』

血祭りにあげた者は数知れず。あの般若の仮面を見ただけで震《ふる》え上がる貴族も多い。そんな人物がこのクラス対抗戦に姿を現したときは、ＡクラスやＢクラスの助っ人達にも緊張が走ったほどだという。メイドさんもそれで気になって俺に聞いてきたのだろう。

（貴族と揉《も》めるだなんて御免《ごめん》だし、できれば近づきたくはないものだな）

相手が誰だろうと厭《いと》わず武力衝突を繰り返してきたせいで周りは敵だらけ。最近も大きな抗争があったばかりだという。どんな主義主張のために戦っているのかは知らないけど、そんな危険な組織とは距離を取っておくに越したことはない。ま、今後会うことも無いだろうしどうでもいいか。

到達深度一行は緩やかな勾配《こうばい》の道をゆっくりと歩いてなおも移動する。時々アンデッドが出没《しゅつぼつ》するので長閑《のどか》な場所とは言えないけど、大集団の中にいる限りは戦闘なんてする必要もなく、こうして話に花を咲かせながら進めている。気楽な道中である。

問題があるとすれば、その大集団の中に久我《くが》さんが紛《まぎ》れ込《こ》んでいることくらいだ。

第17章 ✦ 一撃必殺の構え

荒れ果てた丘陵地帯を抜けた到達深度一行は、アンデッドの彷徨《さまよ》う真っ暗な森を一塊《ひとかたまり》になって歩いている。

不気味な木々が周囲を取り囲むように生い茂《しげ》っているため視界は非常に悪く、奇襲《きしゅう》を警戒しながらの移動。次の19階へ行くのにこの道を真《ま》っ直《す》ぐ進むだけなので迷うことは……ままあるのだ。

「構ええ！　撃てェ！」

誰かのお付きである弓部隊が横一列に並び、風属性が付与された矢を一斉に放つ。的は数十m前方で道を塞《ふさ》いでいる樹木型のモンスター、トレント。大きさは10m近くにもなる個体もおり、近寄るとリーチのある枝を使って絞《しぼ》り上げる攻撃をしてくるので厄介。無視して行くにもこうやって道の真ん中を塞いでいるため暗く危険な森に入って迂回《うかい》する必要がある。遭難《そうなん》する冒険者が後を絶たないのもそれが理由だ。

それでもトレントの移動速度は遅く、こうして遠隔《えんかく》攻撃ができるならさして手ごわい相手ではない。

一斉射撃《しゃげき》により直径1mほどあったトレントの幹が抉られ、バキバキッと音を立てながら折れ曲がる。威力から察するにこの弓部隊はレベル20を優に超えているだろう。普通は樹木に矢を撃ったところで刺さるだけだというのに、易々《やすやす》と大穴をあけている。

『周防家お抱えの弓部隊だねー。攻略クランでもあれほどの【アーチャー】を揃えるのは難しいんだよ。育てるのも大変みたいだし』

隣で解説してくれる天摩さんによれば、【アーチャー】を育てるにはとにかく金がかかるという。先ほど使っていた矢もそこらで売っている普通のものではなく、大きな負荷にも耐えられるようミスリル合金を加工して作られている。あんなものを攻撃の度《たび》にポンポン撃っていたらどんな狩場でも出費に見合う収入なんて得られるわけがなく、散財は確実。なので【アーチャー】の背後には貴族やクランなどのパトロンがいる場合が多いのだそうな。

逆に育ってしまえばこのレベル帯では最強ジョブの一角と言えるので大きな戦力を手に入れられることになるし、組織としても箔《はく》が付く。天摩さんもいつかは弓部隊を育てたいとしみじみ言う。

『音に釣られて近くのモンスターがやってきたみたい』

「魔狼《まろう》よりは小さいけど格段に速いな」

『うん、しかも霊体だから草木を素通《すどお》りしてくるよ』

弓矢の衝撃音《しょうげきおん》で近くにいた犬型の悪霊《あくりょう》、バーゲストが集まりだす。一見ただの黒い犬のように見えるが、霊体なので物理耐性がある上、レイスなどと違って動きも素早く魔法も当てづらい。

さて、どうするのかと見ていると、巫女服を着た女性が集団を割って前に出る。聖女機関に所属する世良さんのお付き達だ。軽やかなメロディーを奏《かな》でるような声で魔法の詠唱を開始する。

「慈愛《じあい》に満ちたる光よ。汝《なんじ》に、安らぎを。《中回復》！」

霊体やアンデッド相手には回復魔法が攻撃として作用するので、このアンデッド地帯においてヒーラーはアタッカーのような役割もできる。しかも回復魔法は大雑把な照準《エイム》でも当たってしまう特性があるため、素早い動きのバーゲストにも問題なく当てられるのが強みだ。

しかし回復魔法はMP効率がとても悪く、また再使用のためのクールタイムも長いので乱発できないというデメリットもある。それを補うかのように後ろから別の巫女さんが出てきて次々に回復魔法を唱えていく。

『あれだけのヒーラーを集められる聖女機関ってどんなところなんだろうね』

「世良さんに聞けないの？」

『あんまり話をしたことないんだよね。今度聞いてみようかなー』

先ほどの巫女さんが使った《中回復》にしても、損傷して時間がさほど経っていなければ歯の1本、指の1本くらい綺麗に再生させる効力はある。当然だが医療《いりょう》においても非常に需要が高く、びっくりするような大金だって動くときもある。そんなヒーラーを権力者や犯罪組織が放っておくわけがなく、過去には人間回復ポーションとして拉致監禁《らちかんきん》され社会問題となったほどだ。

聖女機関は【聖女】を守るために作られた組織だが、そういった犯罪にあいやすく立場の弱いヒーラーを保護して育てる場所でもある。

ダンエクでは聖女機関にまつわるエピソードは、世良桔梗ルートで名前や役割がちょろっと出てくる程度で、結局【聖女】がどういった人物なのかも分からず終《じま》い。それも世良さんに聞けば教えてくれそうな気もするけども、天摩さんはあまり話したことがないという。苦手意識でもあるのだろうか。

一行はその後も暗い森の中を歩き続け、ゴール一歩手前である19階へとたどり着く。階と階を繋《つな》ぐ階段から200mほどはモンスターがポップしない安全地帯なので今日はここで1泊だ。

19階ともなれば入り口広場であっても店などはなく、施設はコインロッカーや簡易トイレくらいのもの。この辺りでポップするモンスターは霊体のくせに素早いバーゲストや高火力の魔法攻撃を使ってくるスケルトンメイジなので、狩場として非常に不味《まず》く、冒険者も通り過ぎるか手前の階層までしか行くことはない。おかげでこの入り口広場は到達深度一行の独占状態なのである。

遅い時間に到着したので各々はすぐに夕食の準備に取り掛《か》かる。天摩さんとも食事のため別れることになった。

貴族達はこのダンジョン内でもテーブルで食事をするということを徹底《てってい》しているらしく、お付きがせっせとテーブルを組み立てて料理の準備をしている。また食事をするのも仲間内で談笑しながらではなく一人で食べることが多いようだ。

いまだ貴族の習性はよく分からない部分が多いけど、メンツというものを何よりも大事にしていることは何となく分かる。

(俺も飯の用意をするとしようかね)

マジックバッグからコンロとそら豆形の飯盒《はんごう》を取り出し、米と水を注いでスイッチを捻《ひね》る。米が炊《た》きあがったら温めたインスタントカレーをぶっかければ夕食の完成だ。一般庶民はメンツなんてものを気にする必要がないので気楽でいいね。

米が炊けるまで他の人らは何をしているのか、ぼーっと眺めてみる。戦闘をメインでやっていた助っ人達は防具を外し、熱心に武器の手入れをしていた。意外と女性が多いのは付き添《そ》う貴族の性別と合わせているからだろうか。

他にはご飯を炊いたり大鍋《おおなべ》をかき回している助っ人もいる。料理人もちゃんといるはずだけど貴族の分を作っているところしか見たことがない。貴族専用の料理人なのだろうか。

そんな彼らに《浄化》の魔法をかけて回っている巫女さん達の姿も見える。

《浄化》はデバフを解除する目的で使われる魔法だが、衣服や身の汚《よご》れを落とす効果もあり風呂《ふろ》に入れないときに大活躍《だいかつやく》する生活魔法でもある。助っ人達の中にもヒーラーはいるにもかかわらず使えないのは聖女機関のみに伝わる隠匿《いんとく》された魔法だからだ。危険な魔法でもないのに公開しない理由は利権絡みなのか、巫女の価値を上げるためなのかは分からない。

巫女さん達はBクラスの助っ人まで順番に《浄化》をかけていたのだが、俺には待っていてもかけてくれずそのまま待機場所に戻っていってしまわれた。かける条件でもあるのだろうか。

（でもとっくに《浄化》は覚えているんだよね）

こっそりと《浄化》を使って身の清潔を保つ。オババの店では普通にスクロールが売っているので、店に行けるならいつでも誰でも労せずに覚えることができる。ちなみにこの魔法は肌も綺麗になるらしく、我が家の女性陣《じょせいじん》は風呂に入れるというのに毎日数回欠かさず使っている。

その他に気になるといえば。

（まぁ……気が乗らないが一応声を掛けておくか）

深いため息をつきながら、よっこらせと立ち上がる。本当は最後まで気づかないフリして声をかけるつもりはなかったのだけど、ずっと跡《あと》をつけられ観察されるというのも落ち着かない。ここらで決着をつけておこう。

離れたところにポツンと一人でカップラーメンを啜《すす》っている少女がいた。

薄暗いMAPなので闇《やみ》に溶け込むような彼女の褐色肌《かっしょく》が保護色となっている……わけではない。猫耳《ねこみみ》フードのついた黄色と黒のパーカーにショートパンツという、ダンジョンでは場違いの恰好《かっこう》が変に目立っているからだ。ひょっとして変装のつもりだろうか。

「やぁ、久我さんだよね。わざわざ俺を追ってきたの？」

ゆっくりと顔を上げ、声をかけてきたのが俺だと分かると眉間《みけん》にシワを寄せて不機嫌そうな顔をする……が、ラーメンを啜るのは止《や》めない。性根《しょうね》がすわっているというか恐ろしくマイペースな子だ。

「……いつから分かってたの？」

「いつからって言われてもね」

隠密スキルを使っていたとはいえ、そんな目立つ恰好でずっとつけてきたのなら気づくと思ったけど、ここ何日もの間ずっと助っ人集団に紛れ込んで同行していても誰も怪しむ人はいなかった。その変装にも効果があったということだろうか。もしくは助っ人同士、誰が参加しているのかお互いに把握《はあく》していない可能性もある。

「尻尾をださないのは見事だけど、こんな階層で平然としている時点で十分怪しい」

「それは久我さんにも言えると思うんだけど」

この期に及んでのんびりとラーメンを食べている人に言われたくない。そして「俺の背後を調べたけど何もでてこないのは何故なの」とか聞いてきた。妹も両親もそろそろ何かでてきそうなレベルになりかけてるけど背後に何かがいるわけでもなく、正真正銘《しょうしんしょうめい》の一般人だ。

だがこのあたりの質問から久我さんがプレイヤーでないことが分かる。もしプレイヤーなら真っ先に俺を同じプレイヤーだと疑って調べるはずだ。また久我さんの行動理念や考え方もゲームで登場する彼女と非常によく似ていることから間違いない。

学校ではいつも寝《ね》ぼけ眼《まなこ》でやる気がなさそうな態度を取っているが、意外と仕事熱心な女の子なのである。

（だけど、その熱心さを俺に向けられるのはよろしくないな）

どうやら俺をどこかの国の諜報員《ちょうほういん》だと断定してる模様。何も正体が掴ませないところが逆に怪しいらしい。フード越しに俺の頭のテッペンから爪先《つまさき》までジロジロと見分してくるけど、いくら見たところで何かが出てくるわけでもない。

「だから……もう手っ取り早く、その身に直接聞くことにする」

つゆまで飲み干したカップを横に置くと、腰のホルダーから短剣を取り出して緩やかに立ち上がる。まさかここで戦う気なのだろうか。

「こんなところで戦って目立てば、久我さんも困るんじゃないの？」

「それは私と戦える実力があればの話。すぐに終わるから大丈夫」

こちらに向き直りながら「尋問《じんもん》は長くなるかもしれないけど」と付け加える。どのような尋問なのかほんの少し興味はあるけれど、できれば優しく……いや遠慮しておきたい。

「もしかしたら俺のほうが強いかもしれないじゃないの」

「それはありえない。私が本気を出せば一捻《ひとひね》り」

（確か、レベル24で【ローグ】だったっけか）

隠密や偽装スキルが豊富な【ローグ】は悪用されれば被害が計り知れず、国に忠誠を誓った者、あるいは特殊任務に就く者だけに制限されている隠匿ジョブだ。それは日本のみならず世界でも同じ。社会に危険を及ぼしかねない情報は国が徹底管理するというのがこの世界のルールのようである。

そんな【ローグ】である久我さんも、もちろん普通の女子高生ではない。

物心がついたときからダンジョンに入り、数多《あまた》の戦闘訓練を施されたエリート中のエリート。現時点では世良さんや天摩さんでも勝てないし、上級生を含めても彼女より強い人は――まぁ、プレイヤーを除けばいないだろう。それだけの実力はあるのだ。

「私より速く動けたら……褒《ほ》めてあげる。《アクセラレータ》」

小さく笑みを浮かべて呟《つぶや》くように発動させる久我さん。足元には移動力を高める風がまとわりついている。初手からそんなスキルを使ってくるだなんて多少なりとも俺を警戒していると見受けられる。

お互いに身構えながらじりじりと間合いを詰め、一定の距離になると被《かぶ》っていた帽子《ぼうし》を置き去りにして久我さんの体が横にブレる。死角からの攻撃で瞬時に決着を狙ってきたか。ならば、こちらも一撃必殺の構えで迎え撃つとしよう。

体の重心を落とし手は若干前へ。これで——終わらせてやるっ！

「勘弁《かんべん》してくださいっ!!」

高速土下座の構えだ。久我さんといえど年頃の女の子。目の前でプライドの全てを脱《ぬ》ぎ捨てて土下座している男がいたら堪《たま》らず躊躇《ちゅうちょ》してしまうだろう。もしかしたら動揺し怯《おび》えてしまうかもしれない。だが俺は心を鬼にしてでも心理戦で有利に立とう。さぁ、震えて手玉に取られるが——

「あいたっ、痛いですっ！」

「なんのつもり」

無防備に下げている俺の頭を躊躇なく踏みつけてきたぞ。しかもぐりぐりとねじってきやがる。靴《くつ》の裏がスパイクのようになっているせいかゴツゴツしてとても痛い。女王様気《き》質《しつ》でもあるんじゃなかろうか。

　とりあえず話し合いがしたい聞いてくださいと何度か懇願《こんがん》してみたものの、足をぐりぐりするのをやめてくれない。気がそがれたといって足をどけてくれたのは、それから10分ほど経ってからのことだった。

第18章 ✦ 水と油

「お見事ですぞっ！」

「さすが周防様！」

「秀逸《しゅういつ》な太刀筋《たちすじ》でございました」

　空中でバーゲストが3分割《ぶんかつ》にされて霧散し、カランと魔石が地面に落ちる。それに合わせたように周囲から拍手《はくしゅ》と歓声が湧《わ》き起こった。

　朝早くから周防が試《ため》し斬りに行くと言い出し、寝ていた助っ人達はわけも分からず叩《たた》き起こされ太鼓《たいこ》持ちをさせられているというわけだ。ご愁傷様である。

　そんな周防達を、俺と天摩さん、久我さんの三人がメイドさんに淹《い》れてもらったお茶を啜りながら見学している。

『偉《えら》そうなだけあって剣捌《さば》きだけは上手いよねー』

「……あんなの普通。だけど構えが何か変」

　ピカピカに磨かれたフルプレートメイルを着た天摩さんがトゲのある褒め方《かた》をすると、

黒服を着た久我さんは何か違和感を感じると言う。

確かに天摩さんの言うように剣の使い方は見事だった。飛びかかってこようとする動きを読んで一閃《いっせん》した後に、打ち込んだ刃先《はさき》をすぐに反転させて斬る〝燕返し《つばめがえし》〟のような技は、見様見真似《みようみまね》でできる芸当ではない。

周防は刀を右手だけで扱い、左手は相手の攻撃を捌くために使うという肉体強化を前提とした剣術スタイルを取っている。剣も魔法も両用できるのでダンエクプレイヤーにも人気の構えだ。そも周防は〝剣術を使う【ウィザード】〟なのであの構えを取ったところで別におかしなところはなく、むしろ自然だといえる。

ところが周りからは剣士《けんし》だと思われており、先ほども魔法なんて使わず左手を遊ばせて右手で持った刀のみで戦っていた。そこに違和感があると久我さんは言っているのだ。剣と魔法両用というダンエクの戦術を知らなければ中途半端《ちゅうとはんぱ》な構えと思うのも無理はない。

『あの刀もかなりのものだよねー。国宝クラスじゃないかな』

「……分不相応」

刀身を見れば鈍く発光し、薄っすらと白い靄《もや》もかかっている。聖属性のエンチャントがかけられているのだろう。そうでなければ霊体のバーゲストを切り刻むなんてことはできやしない。

　エンチャントウェポンは30階以降での入手が一般的なのだが、日本では32階までしか攻略できておらず、辿り着ける者もほんの一握《ひとにぎ》り。入手できる数も非常に限られている。その結果、取引価格がとんでもないことになっているのだ。

　周防の親は大貴族というだけでなく、いくつもの企業を支配下に置く大資本家でもある。だからといって豪邸が建つほどの物をポンと高校生に買い与《あた》えるのはいかがなものか。それも庶民の嫉妬に過ぎないのだろうけど。

『まぁでも私なら勝てるね。付け入る隙なんていくらでも作れそうだし』

「……私でも勝てる」

『Eクラスのキミじゃ流石《さすが》に厳しいと思うけどねー』

「……余裕。ついでに言えばあなたでも私に勝てない」

　天摩さんがヘルム越しに久我さんを睨む。今は天摩家直属の執事として匿《かくま》ってくれているというのに、あまり失礼なことは言わないでほしいのだけども。ほら、後ろにいるメイドさんも殺気を放ち始めたじゃないか。

　どうしてこんな状況になったかというと、昨晩の――頭を踏まれたときまで遡《さかのぼ》る。

「同盟を組むって……何故」

「俺を調べたいというのも、背後に何かいると思ったからでしょ」

俺に後ろめたいモノなどない――こともないが、俺がプレイヤーでこの世界がゲームだったとか言っても頭が可哀想《かわいそう》な子とみられるだけだし、仮に信じてもらえたとしても信頼関係が構築できていない現状では互いにリスクでしかない。

それでも「何も言えない」と言ったら話が続かず終わってしまうので、興味を引くために「何かしらの秘密」は持っていると明かす。

「その秘密を今から体に聞こうと思っているのだけど」

「ひとまずこの足をどけてくれないかな。話しづらいんだけども……」

地べたに頭を擦《こす》り付けて懇願するポーズで対抗したら、躊躇なく俺の頭を踏んできた久我さん。踏む力は手加減してくれているようだけど、ぐりぐりと捩じるように踏まれていると何とも言えない背徳感がやってきてしまう。

ちゃんと話がしたいので足をどけてもらおうと土下座スタイルで10分ほどかけて交渉《こうしょう》し、ようやく頭を上げることができた。危《あや》うく後頭部がハゲてしまいそうだったぞ。

（さて。何の話から切り出すか）

こちらをジト目で睨んでくる変な恰好をした少女は、日本の冒険者関連情報を集めるために出身や経歴を偽《いつわ》って冒険者学校に入り込んだアメリカの諜報員《ちょうほういん》――スパイだ。

アメリカが日本の情報を集めているのは、この世界における日本とアメリカの仲が悪いという理由もあるが、スパイ行為なんて世界中がやっていることで別におかしいことではない。日本だって世界各国にスパイを送って情報を集めまくっているはずだ。何せ冒険者情報というのは国家安全保障における最重要のファクターなのだから。

例えばカラーズのようなトップ冒険者集団が街中で本気で暴れたとしよう。もちろん人工マジックフィールド装置を使ってだ。そしたらどうなるか。

片手で数百kgを持ち上げ、１００ｍを数秒で走り、スキルを使えば家一軒《けん》くらい真っ二つ。そのくせ銃弾《じゅうだん》もまともに効かない超人達《ちょうじん》。こんな奴らを相手に戦うには同等の冒険者をぶつけるか、戦車砲《せんしゃほう》やミサイルを雨あられのように撃ち込むしかない。人が多い中でそのような事態になれば大惨事《だいさんじ》である。そして問題は、このようなことが現実に世界で起こっていることだ。

だからこそ各国は冒険者情報を血眼《ちまなこ》になって収集している。どこの国、または組織にどれほどの実力者がいて能力は、思想は何なのか。久我さんもそういった情報をつぶさに収集し本国に報告しているはずだ。

もちろん課せられている役目はそれだけではないだろう。

日本には固有ジョブの【侍《さむらい》】や、世界にたった数人しかない【聖女】の情報など超《ちょう》ド級《きゅう》の国家機密があるし、攻略クラン情勢や冒険者学校の育成法、生徒の個人情報など多岐《たき》にわたる情報収集の指令も下っているはず。朝に機嫌が悪いときは本国とのやり取りで忙しく睡眠《すいみん》不足になっていたというのがオチだ。

そんな久我さんと同盟を組むというのは、リサやサツキのような共闘《きょうとう》関係になるという意味ではない。学校生活においてソロでは動きにくい場面でも互いに手伝ったりアリバイ作りをしようじゃないか、という共犯の提案である。

「それはあなたが信用でき、使える人間かどうかが重要な判断要素となる」

「でもさ、今回だって勝手にクラス対抗戦から抜け出してきたわけでしょ？　カヲル達も怒《おこ》ってるはずだよ。俺と口裏を合わせて「一緒に魔石を集めてた」というだけで大分楽になるんじゃないかな」

「……楽にはなるかも。でもあなたの狙いは何」

俺の狙いか。もちろんある。それは「久我の叛乱《はんらん》」と呼ばれるイベントに対処するためだ。

久我さんと親密になってメインストーリーを進めていけば、組織を裏切り主人公の仲間になるシナリオへと突入する。その際にアメリカからヤバい奴らが粛清のために来日してくるのだが、こいつらを迎え撃つと冒険者学校含むこの一帯は戦場となり全壊《ぜんかい》してしまう。話し合いで解決なんてできるわけがないので、久我ルートに入ってしまえばこの破滅的《はめつてき》な未来はほぼ不可避《ふかひ》だ。

逆に久我さんを攻略せず放置しておけば暗殺や諜報、破壊工作など何でも行う危険な敵キャラとなってしまう。こうなればもう後戻《あともど》りはできず倒すしかないのだが、隠密スキル満載の彼女を捜すのにも時間がかかり、その間にあちこち壊《こわ》され、こちらのルートも被害甚大《じんだい》となる。

このどちらの結果も阻止する手っ取り早い方法は〝今すぐにでも久我さんを殺してしまうこと〟なのだが……今の俺ではリスクが高いし、何よりそんな強硬《きょうこう》手段は絶対に取りたくない。

目の前の少女は悲劇のヒロインなのだ。孤児《こじ》として生まれ、物心ついたときからダンジョンに入れられて戦闘を叩き込まれ、幸せというものを知らないマシーンのような人間になっている。そうでなければ生き残れないほどの過酷《かこく》な幼少期を過ごしてきたからだ。

しかしふとした切っ掛けで主人公と手を取り合うことになり、愛を知り、迫りくる過去と現実を乗り越えて、多くの人に希望を与えていける強い人間でもある。そのクライマックスシーンは涙《なみだ》無くして語れず、ダンエクでも名場面ランキング上位に入るほど。

そんな彼女を排除《はいじょ》するなんてもっての外。ダンエクを愛するプレイヤーならば、彼女を救う以外の選択《せんたく》はありえない。そう、俺は救いたいのだ。

だからその返答は――


「君の――笑顔さ」

「……キモッ」


普段は物怖《ものお》じしない豪胆《ごうたん》な久我さんですら思わず一歩引いてしまうほどの笑顔で何とかごまかし、話題を変えることにする。

「とにかく。今後を考えて短期だけでもいいから手を組んでおいたほうがお得だと思うよ」

「何だか話をはぐらかされた気がするけど……戦う気がないのは分かった。でも調査は続けることにする」

このまま手ぶらでは帰れない、俺のすぐそばで観察を続行すると仰《おつしや》る久我さん。だけどこの19階からEクラスの生徒をもう一人追加します、などと言えるわけがなく。

どうしたもんかと一晩頭を悩ませた結果――

翌朝。つまり今から1時間ほど前に黒服に囲まれた天摩さんと相談し、久我さんを直属の護衛として執事の仲間に交ぜてもらえないかお願いしたのだ。執事長であるメイドさんは俺を仇敵のように睨みながら反対してきたけど、主《あるじ》である天摩さんがＯＫしてくれたので無理やり丸《まる》め込むことができたのである。

全ては計画通り。一件落着……と、そんな上手くいくことはなく。

『今のキミってウチ専属の執事なんだよね。その態度はどうかと思うんだけどー』

「私の方が強いと正直に言っているだけ」

さも「当然のことを言っただけ」と気にも留めない久我さんに、ヤンノカコラと睨みつける天摩さん。遠くで観察している執事達もそわそわしている。もうちょっと空気を読んだ発言をして欲しいものだけど。

『まーウチより強いわけないいし。面白い冗談《じょうだん》だと思って許してあげようかなー』

大目に見てあげようと胸を張り度量を示す天摩さん。Ｂクラスのみならず、Ａクラスの貴族ですら庶民に対しては見下すような態度を取りがちだけど、彼女はおおらかで我慢強《がまんづよ》く、誰に対しても目線を合わせて話してくれる。全くもって稀有《けう》な貴族だ。

だけど――

「冗談なんて言った覚えはない」

またもや空気を読まずに発言をしてしまい、ピリピリとした空気が場を包む。水と油のような二人を前に、この先待ち構える道中を想像した俺は静かに震えることしかできなかった。

第19章 ✦ Eクラスの現状②

――立木《たちぎ》直人視点――

クラス対抗戦4日目。

朝に発表されたばかりのクラス成績データを端末に取り込み、上位クラスとEクラスの現状を一覧にして前半戦を総括《そうかつ》する。結論から言えば、現時点では大きく出遅れて最下位。

（しかも、Dクラスに引き離《はな》されている）

クラス対抗戦の試験場所は日が経つにつれ深い階層へと移っていく。僕らの指定クエストもすでに5階がメインの戦場となっており、オークやゴブリン上位種との戦闘に時間を取られ自由に動けなくなりつつある。平均レベルが低いEクラスは今後ますます不利になっていくことだろう。

だからこそ、この4日目までにDクラスと同等以上の点数が欲しかったのだが……手元のデータを見る限り目標に全く届いておらず、種目によっては目を背《そむ》けたいほど悲惨《ひさん》な状況となっていた。

「磨島《まじま》の報告ではそれなりにモンスターを倒して点数も稼げていたはずだが、上位クラスと差が全く縮まっていないのは何故なのか……」

「Dクラスの指定モンスター討伐グループは刈谷《かりや》君が率いているんだっけ。Cクラスを上回るとは凄いよね～」

端末を高速でタップし状況確認していた参謀の新田《にった》が、微笑《ほほえ》みながらいつもの柔らかい口調で応えてくれる。この厳しく絶望的ともいえる戦いの中で我を失わずにいられたのは冷静沈着《ちんちゃく》な新田がいてくれたおかげだ。感謝しかないが、それはさておき。

Dクラスは刈谷含む精鋭を到達深度に集めるのかと思いきや、磨島の指定モンスター討伐にぶつけてくる作戦できた。ユウマを倒した刈谷の実力は並ではなく、Cクラス相手でも互角《ごかく》以上に渡《わた》り合えているというのも納得のいく話である。

だが、Eクラスの精鋭を集めた種目が潰されてしまったのは非常に手痛い。この影響を最小限にするにはどうすべきか。

「磨島達の指定モンスター討伐は、明日から7階のモンスターも討伐対象になるな」

「Dクラスに追いつくことが望み薄なら～トータル魔石量のサポートに移ってもらったほうがいいかしら」

６階においてもかなりのペースで倒し続けている磨島達なら、７階であっても狩りを続行できるかもしれない。しかし７階は見通しが悪い森ＭＡＰである上に魔狼がリンクしやすく、経験がなければリスクも跳ね上がる。６階と７階では狩りをする難度に雲泥《うんでい》の差があるのだ。

そのリスクを承知で無理に狩りを推し進めたとしても刈谷率いるＤクラスに追いつく可能性は限りなく小さい。ならば、新田の言う通り指定モンスターは捨てて他の種目に賭《か》けたほうがベターだろう。磨島達にとってこの判断は屈辱《くつじょく》だろうがクラスのために呑《の》んでもらうしかない。

「では磨島には僕の方で伝えておこう……ふぅ。次にユウマ達指定ポイント到達だが、こちらも絶望的だ。負傷者まで出ている。おまけにＤクラスの助っ人がこの種目をサポートしていることが先ほど確定した」

「やっぱりモンスターを引き受けていたのかな～？」

指定されたポイントまでの着順を競う種目で、Ｄクラスは経路のモンスターを倒しているとは思えない速度で何度も順位を上げてきた。

必ず裏があるはずだとユウマが調査を行ったところ、同一クランと思わしき複数人の人物を確認したとのこと。その助っ人の写真もこちらに送られてきているので、情報を共有するため新田の端末に画像を送信する。

「この胸に付いている太陽のマークだけど、ソレルに間違いないわね～」

「ソレルか……ふむ。それともう一つ、カヲルから送られてきたこの写真も見てくれ。この男だ」

昨日、サクラコのグループがオークロードのトレインに襲われた事件があった。そのトレインを先導していたと思われる人物の写真がカヲルから送られてきている。

先ほどユウマが送ってきた写真と見比べてみると、服装は違えど顔や髪型《かみがた》の特徴が一致《いっち》している男がいることが分かる。走りながら撮影《さつえい》したせいか少しブレもあり断定はできないが、同一人物の可能性が非常に高い。

「やっぱり～昨日のトレインは作為的《さくいてき》にぶつけられたってことなのかな？」

「あぁ。そう考えるのが自然だ」

トレイン自体は別に珍しいことではない。逃げる際に不幸が重なりモンスターが連なってしまうことなんて日常茶飯事《にちじょうさはんじ》だからだ。しかしサクラコ達がいた場所はオークロードが出没するエリアから２km以上も離れている。逃げるにしてもそんな長い距離を引き連れてくるものだろうか。

それ以前にトレインを先導していたソレルの男はサポート対象であるＤクラスから離れ

て、あの場所で一体何をしていたのか。偶然オークロード部屋まで行き、トレインを作ってしまったとは考えにくい。どうみてもわざと連れてきてぶつけにきている。

故意のトレインは悪質な殺人未遂《みすい》事件として実刑《じっけい》が科せられる重罪でもある。これは冒険者資格を取るときに誰でも教わる一般常識だし、仮にも攻略クランに所属する者が知らないわけがない。昨日は数十のオークがサクラコ達の前で一斉に放たれたというし運が悪ければ、いや、普通に死者が出ていてもおかしくない状況だった。許しがたい行為である。

「でもこの段階でそこまでしてくるんだ～想定外だったかも。何かあったのかな」

「この写真を報告すべきか」

「うーん。被害はでなかったし追及《ついきゅう》は大変だと思うよ～？」

確かに被害はでなかった。けれどそれはタイミングよくこちらにも〝助っ人〟が来てくれたからだ。何とか懲《こ》らしめてやりたいという気持ちはあるものの、被害が無いのなら立件できない可能性もある。無駄足《むだあし》は避《さ》けるべきか。

そしてこの窮地を救ってくれたという人物についてもどうすべきか考えなくてはならない。

見た目は木製の仮面にボロボロの皮マントを着た小柄な女らしいが、オークの殲滅《せんめつ》速度から見るに最低でもレベル10。もしかしたらレベル15に届くかもしれない実力者というのがカヲルの見立てだ。

ただその人物は近くに立っていても存在感が極度に希薄《きはく》で、目を離せばどこにいるか分からなくなってしまうという異常報告まで付いてきている。何らかのスキルかマジックアイテムを使っている可能性が高い。どこかの部隊、あるいは有名な攻略クランに所属している冒険者だろうか。どちらにせよ、そこらにいる普通の冒険者でないことは確かなようだ。

「この仮面の人物について大宮から何か情報は入っていないか？　知り合いというのは聞いているが」

「身元の詮索はしないという条件で手伝いに来てくれたんだよ。だから、ひ・み・つ♪」

新田は緩い雰囲気の割にガードは堅《かた》く、どうにも情報を掴《つか》ませてくれない。あれほどの強者が僕らの味方についてくれるのなら今からでも様々な手段が取れるというのに。見守りに来てくれただけでも安全性が増したとはいえ、このまま遊ばせておくのは無駄がありすぎる。

「それにね～。助っ人の力でDクラスに勝ったとしても、Aクラスなんて夢のまた夢だよ」

（ぐっ……考えを読まれてたか）

しかし新田の言う通りかもしれない。実際に戦ってみて分かったことだが刈谷率いるD

クラスとの実力差は嫌でも認識させられた。仮にソレルが助っ人として現れなくとも勝つことは困難だっただろう。実力も無いのに助っ人の助力でDクラスに勝ったところで、その地位は砂上の楼閣《ろうかく》に過ぎない。

だからといって今回の試験を諦《あきら》めてもいいというわけではない。勝てないまでも一矢報《いっし》いることができれば次へと繋がる希望になるからだ。それは劣等と蔑《さげす》まれた僕達に一番必要なものでもある。

「ふふっ。私達はまだやれるよね～？」

「もちろんだ。たとえユウマや磨島達が駄目だったとしても活路はまだある」

当初の作戦の柱であったユウマと磨島グループの失敗は認めなければならない。僕らがどんな作戦の立案をしたところでこの２つの種目に逆転の目は無いだろう。だが予想外に上手くいったこともある。あのトレインの結果、レベル６の魔石が大量に手に入ったことだ。

本来ならばあれだけの魔石を集めるのにトータル魔石量グループ総出でも丸一日はかかる。危険な目には遭ってしまったとはいえ、これを活《い》かさない手はない。幸い怪我人《けがにん》もなく魔石集めも続行できると聞いているし、磨島達をサポートに付けて勝負する価値は大いにあるだろう。

僕達の指定クエストも今のところDクラスに食《く》らいつけている。新田がクエスト内容を予測し先回りするという神業《かみわざ》的なことをやってのけているからだ。学校の指定するクエストにどんな規則性があるのかは分からないし、新田がはぐらかしているので真相は不明だが、このまま彼女の助言に従い効率よく点数を積み重ねていければ勝機もでてくるはず。

「あと何か忘れている気がするが、まぁいい。朝食を済ませたらすぐに次の準備に移ろう」

「ええ。でもソウタはどこまで行くつもりなのかしら……」

残るは後3日。1種目だけでもいい。Dクラスに勝てるよう僕らにできることを精一杯《せいいっぱい》やるまでだ。

第20章 ✦ Eクラスの現状③

―― 早瀬《はやせ》カヲル視点 ――


「サクラコ、メンバーはどう？」

『少し落ち着いたところです。でもオークロードがいる階は怖いと言うので4階に戻ることにしました』

「……そう」

サクラコのグループが巨大トレインに巻き込まれてしまった。メンバーは奇跡的《きせきてき》に全員無事だったとはいえ恐怖は残る。自分よりも強いモンスターの殺意を一身に浴びてしまえば、その後も何事もなく狩りを続行するのは難しいだろう。

死を覚悟しなければいけない状況に追い込まれるとタガが外れ、強くなる人はいる。でも大抵の人は恐怖で縮こまってしまうものだ。あのトレインはそれほどまでに絶望的な状況を作り出していた。

4階に戻るとなると魔石収集効率が落ちてしまうけど仕方がないだろう。まずは時間をおいて少しでも自信を取り戻《もど》し、再起できるよう祈るほかない。

「わたし達はしばらく5階で狩りを続けるわ。助っ人もきてくれたことだし」

『はい。でもその人……ううん、分かりました。何かあったらすぐに連絡くださいね。お互い頑張りましょう』

「ええ、サクラコも」

朝の定時連絡を終えて通話を切る。一度折れてしまったグループを再びまとめ上げていくのは大変だろうけど、賢《かしこ》くも優しいサクラコならば対応を誤らず上手くやってくれるはずだ。それはそうと――

(あの人は何者なのか)

大宮さんのすぐ隣に寄り添《そ》うように座っている小柄な冒険者。印象に残りにくい地味な恰好と華奢《きゃしゃ》な見た目からは想像もできないほどの戦闘能力だった。大宮さんが呼んだと言っていたけど、あれほどの実力者とどう知り合ったのだろう。

昨日のトレインがどう始まってどう収束したのか、今でも鮮明《せんめい》に覚えている。

私達は誘われるようにあの場所に行き、オークロードが率いる数十体規模のモンスタートレインに遭遇した。遠くには散り散りになって逃げるサクラコ達が見えたときのことだ。

「早瀬さん、みんなを頼んだよっ！」

そう言うと大宮さんは短刀を抜いてあの中へ駆け出して行った。この緊急時に即断即決《そくだんそっけつ》の行動力。私は動揺して身動きができなかったというのにリーダーとしての器の差を感じてしまう。しかし今はそんなことを気にしている場合ではない。

「みんな、こっちよ！」

避難《ひなん》誘導を終えたら私もすぐに駆《か》け付けねばならない。レベル5の彼女ではオークの一部をおびき寄せるだけで精一杯だろう。ここは私が決死の覚悟で飛び込《こ》んでオークロードを引きつける必要がある。そうでなければあれは止められない。

急いでグループメンバーを集め、一塊になってまっすぐ入り口広場へ向かうよう指示する。またここで何が起きたのか、学校と冒険者ギルドの両方へ通報するようにとも言っておく。これ以上被害を拡大させないためにだ。

次にモンスタートレインが起きているという状況証拠をヘルプセンターへ送らなくてはならないので、走り出しながら腕端末のカメラを起動する。オークロードが目を血走らせて追いかけているあの男がトレインを作った張本人だろう。責任問題となる可能性が高く絶対に逃がしてはいけない。

何枚か写真を撮っていると、物凄い速さでオークに突進している大宮さんが見えた。トレインの大部分を構成するあの〝武具をまとったオーク〟はオークロードが呼び出した特別な上位個体で、6階にでる魔狼よりも強いとされている。だというのに彼女は囲まれて殺意を向けられながらも恐れず、怯《ひる》まず、次々と切り倒《たお》している。

（す、凄い！）

オークの剣筋を鼻先で躱《かわ》し、すれ違いざまに反転しながら短刀で一閃。周囲のオーク達も後ろからの襲撃《しゅうげき》に気づいたのか雄叫びと共に次々と剣を振り上げて殺到《さっとう》している。その数、十数体。その数多の剣戟《けんげき》を縫《ぬ》うように避《よ》けつつ有利な距離を保ち、1体ずつ冷静にカウンターを決めていく冷静かつ驚異的《きょういてき》な動き。

ダンジョンの戦いにおいて、多数の味方で1体のモンスターに挑むのが絶対的なセオリーだ。普通の冒険者は圧倒的《あっとうてき》多数相手の戦闘なんて経験がないので慣れているわけがない。それなのに命の懸かったこの土壇場《どたんば》であれほどの戦いを繰《く》り広げるとは。私とてあれは真似《まね》できるものではない。

必要な写真を撮り終え、少しでもオークを減らそうと私も抜刀《ばっとう》しトレイン後方につこうとする――が、前方に逃《に》げ遅《おく》れたクラスメイトが恐怖のあまり蹲《うずくま》っているのが視界に入った。

そのすぐ近くにまでオークロードが迫っている！

邪悪な笑みを浮かべながら殺意に満ちた《オーラ》をまき散らすオークの王。一流の冒険者でなければ立ち向かうどころか相対することすらかなわない最凶《さいきょう》のモンスター。これまでどれほどの冒険者があれに心を折られ、葬《ほうむ》られてきたか。

数十ｍも離れているというのに震えてしまう。果たしてあれと向き合えるだろうか。それでも行かなくてはならない。私が行かねばあの子はすぐにでも命を落としてしまう。震える足に活を入れ、歯を食いしばって走り出す。

数体と交戦中の大宮さんもクラスメイトの危機に気づいたのか、無理やりモンスタートレインのど真ん中を突《つ》っ切ろうとする。

しかしオークロードはもうその子の目の前まで迫り、巨大な棍棒《こんぼう》を振り上げている。もう間に合わ――

ドンッ!!

（――えっ、なに？　一体何が起きたというの）

突然、オークロードの巨体《きょたい》が鈍い音と共に真横に弾《はじ》け飛んだ。そのまま空中で回転しながら10ｍほどの距離にある岩壁まで吹き飛ばされ激突《げきとつ》。そこで魔石と化した。

間を置かず周囲にいたオーク達がオークロードと同様に次々に弾け飛び、または切り刻まれていく。よく見ればオーク集団のど真ん中を高速で動き回っている黒い影が確認できた。オーク達は間近で何が起こっているのか理解できていないようで激しく動揺し浮足立《うきあしだ》っている。

そんなことはお構いなしに影はなおも容赦《ようしゃ》なく切り捨てていき、僅《わず》か1分足らずで数十体もいたオーク集団は一体残らず駆逐《くちく》されてしまった。後にはお面を被《かぶ》りボロマントをまとっている小柄な冒険者がポツンと立っているだけ。

圧倒的な力を見せられ思わず竦《すく》んでしまったけど敵ではない……はず。それが証拠に。

「来てくれたんだっ！　ありがとー！」

大宮さんが真っ直ぐ走っていって笑顔でお面の冒険者を出迎え、抱擁《ほうよう》する。冒険者のほうも同じく抱きついているのできっと気心知れた関係なのだろう。

足元には数十もの魔石が煌めいていて、先ほどまでの地獄が幻《まぼろし》のように思えた。

というのが昨日起きたことの一部始終。あわや大惨事というところだったけど、大宮さんとあの助っ人のおかげで全員無事だった。

今思えばモンスターが狩られていたのも、私達をあの場所へ誘《さそ》い込むための罠《わな》だったのかもしれない。トレインを先導していた男は逃げてしまったけど、証拠写真は撮《と》れているのでナオトに状況報告と共にデータを送信し、判断は任せることにした。

（あの人についての報告は……どうしたらいいのだろう）

危機から救ってくれたお面の冒険者は、休憩場所の片隅《かたすみ》で大宮さんと肩を寄せ合って仲睦《むつ》まじくお菓子を食べている。

お面と古びたローブで体全体を覆っているので体格から判断するしかないけど多分女性だろう。ぱっと見た感じでは中学生くらいに見えるし、ローブ下には黒っぽい皮の鎧《よろい》と小手──魔狼《まろう》防具をしているだけなので全く強さは感じない。

それでも巨体のオークロードを軽々と吹き飛ばし、上位個体のオークを一撃で斬り捨て、数十体の巨大トレインを瞬《また》く間に壊滅《かいめつ》させたのは夢でも幻でもない。それほどの強者なの

に探そうとしないと目の前にいるのかどうか分からなくなる存在感の薄《うす》さ。何もかもがちぐはぐで素性《すじよう》が全く読み取れない。あの防具も魔狼製に見えるだけで、実は強大な力が秘《ひ》められていたりするのだろうか。

大宮さんの呼んだ助っ人だと紹介《しようかい》されたので、挨拶《あいさつ》のために恐る恐る言葉を交《か》わしたのだけど顔を背けて無視されてしまった。案外シャイな人なのかもしれない。

そして謎《なぞ》があるのは大宮さんもだ。少なくとも何か隠しているはず。

お面の冒険者ほどではないにせよ、あのときの動きと速さはレベル5のそれではなかった。私達のクラスで一番強いと言われているユウマより上と言われても納得できるくらいに。どうしてあれほどの力を隠していたのだろう。

教室ではそれほど話す間柄《あいだがら》ではないけれど誰にでも誠実で愛想がよく、あの颯太とも仲良くできる人格者ということは知っている。だからその大宮さんも、そしてその彼女が信じて呼び寄せたお面の冒険者も信じていいとは思っている。

それにおかしなところがあったところで追及は後でいい。今はとにかくクラス対抗戦を全力で乗り越えなければならないのだから。

（……でも）

あのお面の冒険者。たまに私のほうをじっーと見てくるときがあるけど何だろう。

第21章　聖女と大悪魔

『それでねっ、ほんとのギリッギリで華乃《かの》ちゃんが来てくれたんだよっ』

『今日も来ちゃったー！』

　サツキと仮面を付けたままの華乃とグループチャット。陽気な声で昨日あった出来事を伝えてくれているが、内容は深刻だ。

（トレインまでやってきたか……）

　ピンクちゃんがいたトータル魔石量グループがトレインに襲われたという。平均レベルが5にも満たないグループにオークロードなんてぶつけたら、どうなるかくらい誰でも予想できるはずなのに。

　最初は高校生の試験に助っ人が来たところで、嫌がらせ程度に抑えると考えていた。これはゲームでもそうだったからだ。だがやってきたことはＭＰＫ、つまり殺人未遂。将来を見据えて努力している高校生に大人が何をやっているのだ。

　それからリサが送ってきたトレインを主導したという写真の男には見覚えがある。

いつぞや7階で華乃の足を斬りつけた男だ。背後にソレルがいるのは間違いない。まさかうちのクラスメイトにも攻撃を仕掛けるとはな。

こんな悪質なことをやってソレルや上位団体にダメージがいかないと高を括《くく》っているか。それとも証拠さえなければ何をやっても構わないという考えなのだろうか。いずれにしてもここまでやってきたからにはもうただでは済まされない。というかこんなモラルの欠片《かけら》も無く、有害でしかないクランはさっさと潰さねばなるまい。

ソレルはいずれ潰す予定でいたが、放っておけばこの試験の最中にも何をしでかすか分からない。狙われたトータル魔石量グループにはガードを付けておくべきか。俺も20階に着いたらすぐに引き返したほうがいいだろうな。

「華乃、時間あるときだけでいい。サツキ達を見守ってやってくれないか」

『うんっ。でも冒険者学校の生徒なのにどうしてこんな浅い階層で苦戦しているのかなぁ』

それはね、お兄ちゃんと違ってゲーム知識を持っていないからだよ。とまぁ、そんなことは言わないけども。

「また何かあったらすぐに知らせてくれ」

『うん、ソウタも気を付けてねっ』

「華乃はカヲルに正体バレないよう注意しろよ」

『はーい。でも全然大丈夫っぽいよ。あの人、鈍感《どんかん》みたいだし』

はぁ……とため息をつきながら通信を切る。どうしたもんかね。ゲームではどんなルートだろうとここまではしてこなかったというのに。何が変わったのか。

頭を悩ませながらトボトボと休憩地点へと戻る。


「遅いぞ、糞野郎《くそやろう》ッ」

天摩家ブラックバトラーの長《おさ》であるメイドさんが「お嬢様を待たせやがったら折檻《せっかん》してやるところだ」と拳を見せつけギロギロと睨みつけてくる。普段は清楚《せいそ》でお淑《しと》やかなお姉さまだというのに、近くに天摩さんがいないと容赦なく罵《ののし》ってくる。ゾクゾクしてしまうではないか。

見れば天摩さんはすでに昼食を食べ終わっており、出発に向けて執事達にフルプレートメイルを隈《くま》なく磨かれていた。汚れや傷一つ逃すまいとピカピカになるまで擦《こす》っているせいか光が当たると乱反射して眩《まぶ》しい。一方、やや離れたところでお握りを齧《かじ》っていた執事バージョンの久我さんが不機嫌そうな目でこちらを見ている。

「どこ行ってたの。逃げたのかと思った」

「逃げるもなにもこんな階層で……」

ここはダンジョン19階。古いレンガで造られた建物が立ち並ぶ廃墟《はいきょ》MAPだ。とにかく死角が多く、さらにはスケルトンメイジやスケルトンアーチャーなどの飛び道具を使うモンスターが大量にポップする危険な階層でもある。遠距離攻撃対策もなしにのうのうと歩いていたらハチの巣になりかねない。

『それじゃ出発しよっか。黒崎《くろさき》、結界お願いねー』

「かしこまりました、お嬢様」

メイドさんが恭《うやうや》しく頭を下げた後、ポットのような魔導具を手に持って〝天〟と書かれたスイッチ――天摩商会の商品だろうか――を押す。すると数秒ほどで半透明《はんとうめい》なドーム状の壁が現れた。これは遠距離攻撃を一定量防ぐ《アンチミサイル》の魔法が込められた魔導具だ。

とりわけ危険な19階の往来には、この魔導具の有無《うむ》で大きく難度が変わってくる。個人なら隠密スキルを使えば事足りるかもしれないが、これほどの集団となるとそれもまず無理。パーティーで来るなら絶対に揃えておきたい必須《ひっす》アイテムだ。

なお、この結界の大きさでは助っ人を含めた到達深度一行全員カバーすることはできないので、AクラスとBクラス分かれての移動となっている。

「天摩様、わたくし達も失礼しますね」

取り巻きの貴族や助っ人と共に、世良さんが銀色に光《ひか》り輝《かがや》く髪を靡《なび》かせながら結界内に入ってくる。ダンジョン4日目だというのに一切の疲れを見せず、ダンジョンに入った時と同じ輝くような笑顔を振りまいている。

だがこの階においても防具は着用せず、制服姿のまま。日本の国宝に指定されているアレはおいそれと着ることは許されていないのかもしれない。もっとも、これだけ助っ人がいれば戦う機会などなさそうではあるが。

そんな世良さんは相変わらずお喋りが好きなようで誰彼《だれかれ》構わず色々な人に話しかけまくっているけれど、俺には一向に話しかけてくれない。むしろ視界に入っていないというか……もしかして《天眼通《てんげんつう》》で将来性が絶望的と判断されてしまったせいだろうか。長年憧《あこが》れていたヒロインに全く相手にされなくなってしまい、この切なく寂しい感情にオラ挫《くじ》けてしまいそう……。

――しかしだ。

高校に入ってからはカヲルにセクハラなんて一度もしていないはず。それなのに何故《なにゆえ》に退学となった未来が視えたのか、非常に気になるところではある。もしかして何をしようとも未来《メインストーリー》は変わらない、ということもありうるのか。

『それでねー黒崎が成海クンは野獣《やじゅう》だ、性獣だと言ってくるんだけどどうなの？』

「どうなの、と申されても……」

「野獣だと思うけど、性獣の可能性も捨てきれない」

隣には親しげに話しかけてくれる天摩さんと久我さんがいるので気分が晴れる……かと思いきや、何やら物騒《ぶっそう》な会話をしているではないか。メイドさんのほうを見れば黒い笑みでしたり顔だ。俺を近づけさせたくないのは分かるけど、こっそりと性犯罪者に仕立てようとするのはやめていただきたい。

気分を変えるために周りの景色を見ながら歩く。

この階層は直径1㎞ほどの円状構造になっており、今までの階より狭いＭＡＰとなっている。とはいえレンガ仕立ての廃屋《はいおく》が所せましと敷《し》き詰《つ》められるように建っているので、情報量は非常に多い。もしここに人が住んでいたら5万から10万人くらいの都市になるのだろうが、今はアンデッドしかいない荒廃《こうはい》した死の都市となっている。

街の中心に目を向ければ、いくつもの鋭利《えいり》な塔《とう》が突き出た巨大建築物がそびえ立っているのが見える。高さが１００ｍ近くもあるゴシック様式の城。あれの中が今回の目的地、20階だ。

その城内は全域において安全地帯。内装も細やかな彫刻《ちょうこく》や色彩鮮《しきさいあざ》やかなステンドグラスをふんだんに使われており、ダンエク時代は観光名所の一つでもあった。

『〝悪魔城〟に行くのは久しぶりだなー。二人は初めてだよね』

「もちろん初めてだよ」

「私も行ったことはない。でも、どうして悪魔城？」

当然行ったことはないと言っておく。この体では初めてなので嘘ではない。そういえばあの城にも悪魔城という名前が付いていたっけ。はて、理由はなんだったか。

『その昔にね、【聖女】様が伝説を作られた特別な場所なんだよー』

「【聖女】……それはとても興味がある」

日本にダンジョンの入り口が現れたのは大正に入って間もない頃。出現したばかりの当時は中に入る者なんてほとんどおらず、たった四人の冒険者が攻略を続けていたという記録が残っている。そのうちの一人が【聖女】だ。

彼女らがやっていたダンジョンダイブとは、俺達のようにただ潜ってモンスターを効率よく倒しているようなヌルいダイブとはわけが違う。誰も踏《ふ》み入れたことのない階層を攻略していくということは、一切の情報も無しに凶悪《きょうあく》なフロアボスを毎階層倒して進むことと同意義だからだ。

例えば5階のフロアボスはオークロード——今は単なる隠しボス——なのだが、これを情報も攻略法も全く持たず、ぶっつけ本番で戦闘となったらどれほどの難度になるのか。

レベルを上げて挑戦しようにもフロアボスを倒さねばその階層から先に行けないので十分なレベル上げなど当然できない。

そんな状態なので攻略階層を一つ進めるだけでも死闘《しとう》の連続なのである。やっていることは攻略クランの新階層攻略に近いが、それをたった四人でずっと続けていたのだ。命知らずにもほどがある。

そして時は流れ、戦後まもなくの頃。

この世界の〝戦後〟とは別に本土決戦などやっていないので日本は荒廃していたりはしない。むしろ魔石エネルギー特需《とくじゅ》のおかげでエネルギー産業が大きく育ち、好景気だったくらいだ。

そんな経済成長期に日本政府は更なる魔石と資源を求め、20階攻略を推し進めたわけだが……結果は惨憺《さんたん》たるもの。政府が手塩にかけて育て上げた子飼いの攻略クランが次々と半壊《はんかい》し、有望な若手も多く失われてしまったのだ。そのため奥の手《おくのて》として当時すでに引退していた【聖女】パーティーをわざわざ呼び戻して最前線の攻略に向かわせた、という経緯があったという。

『その舞台があの城で、中にいたのがかの有名な〝大悪魔〟ってわけさ』

「……攻略クランが束になっても勝てないのに、四人しか向かわせないなんておかしい。

情報が操作されている可能性もある」

確かにそれほど苦戦していたというなら【聖女】パーティー以外にも優秀な助っ人を追加で呼べばいいのに、何故四人だけだったのか。理由はいくつか考えられる。

例えば【聖女】の機密情報がとんでもないモノばかりなので誰にも知らせたくなかったとか。あるいは助っ人を呼んでいたことは伏せて【聖女】の功績を大々的に宣伝したかっただけとか。もしくは四人以外の冒険者など足手まといに過ぎないと考えていたからかもしれない。

まぁとにかく、そんなこんなで【聖女】パーティーは見事大悪魔を倒し、無事に伝説となった。今でもその四人が多くの冒険者に崇《あが》められているのはそういった理由があるかららしい。

『ウチもその大悪魔がどんなのか見たかったけど、もう二度と出ないからなー』

「もう出ないって何故」

『フロアボスって一度倒したらでないんだよ。オークロードみたいな例外もあるけどね』

現在の20階はフロアボスを含めてモンスターは一切ポップせず、大きな通路と広間だけのエリアとなっている。通路の奥には大きな扉《とびら》があって、そこを通り抜ければ熱帯ＭＡＰである21階に行くことができる。

悪魔城をどう見て回ろうか、そこでどんなお菓子を食べようかと話しながら歩いていると急に前方が騒がしくなる。スケルトンライダーがBクラス一行に襲《おそ》い掛《か》かったようだ。

『凄いねー。あの槍を正面から受け止めちゃうなんて』

骨だけの馬に跨《また》がり、巨大なランスを構えて時速70㎞くらいの速度で突進してくるスケルトン型のモンスター。骨だけとはいえ、あれだけの運動エネルギーを受け止める衝撃は相当なはずだが、それをやってのけるBクラスの助っ人も相応の実力者だと分かる。

タンクが受け止めて動きを殺すと、間を置かず取り囲んで袋叩《ふくろだた》きモードに移る重騎士部隊。スケルトンライダーは騎乗《きじょう》しているとあって小回りが利かないという弱点はあるが、見上げる位置からランスを突き刺してくるという高さを持っているし、下にいる骨の馬も噛《か》みついたり蹴りをしてきたりするので正面でなくても気は抜けない。

しかしそこは慣れているのかタンクがヘイトを上手く集めてターゲットを固定させ、アタッカーもウェポンスキルを次々に叩き込む。短時間でスケルトンライダーは沈み、魔石と化した。

途中《とちゅう》、スケルトンメイジやスケルトンアーチャーの集団に何度か襲撃されたものの、安全な結界内からアーチャー部隊や巫女さん部隊がお返しとばかりに回復魔法や矢を撃《う》ち込み、あっという間に処理していく。いくら19階が危険なMAPとはいえ、これほどの戦力がいれば瞬殺である。

その後もアンデッドを退けながら廃墟の中心に向かって歩き続ける。といっても狭いMAPなので1時間もすれば目的地はもう目の前だ。

いくつも突き出ている塔は見上げるほどに高く、形状も複雑。壁には儀式めいた人物の彫刻と楔形《くさびがた》文字のような紋様がびっしりと彫《ほ》られている。近くで見ると城というより聖堂のような雰囲気がある。

正面には中に入るための巨大な鉄門があり、そこを潜《くぐ》った先が20階だ。

「それでは、聖地の案内は私がいたしましょうか」

先に到着していた周防が不釣《ふつ》り合いな笑顔を浮《う》かべながら歩み出てくる。コイツがこんな清々《すがすが》しい顔をするときは絶対何か企《たくら》んでいるときだが……さて、どうしたものか。

第22章 ✦ 音は鳴る

「まずは私と世良殿、天摩殿の三人で行きませんか。きっと素晴《すば》らしいものをご覧にいれますよ」

ゴールである悪魔城を目の前にして、最初に誰から入るかという議論になっていた。そんなものは皆で一緒に入るか到着順《とうちゃくじゅん》でいいだろうと思うのだけど、メンツとプライドの塊である貴族様にとっては重要な問題らしい。我が先だといがみ合う中、最初はクラスの代表者のみで入りたいと周防が提案する。

その代表者に天摩さんも入れたのは学年次席として1年を代表する生徒だからだそうな。別の見方をするならば周防が認めるほどの実力者だということだ。

ところがその天摩さんは「クラスの代表者資格なら成海クンもだぞー」などと余計なことを言ってしまう。確かに俺もクラスの代表者であるものの、単に厄介事を押し付けられただけ。それをこの場で言うのも気が引けるので何と言って断ろうかと考えていると「コイツが行くなら私も行く」と久我さんもゴネ出す始末。

「……そうですか。まぁいいでしょう」

部外者二人の追加をあっさりと許可する周防。何かを企んでいるはずだが、その計画を実行するにおいて俺と久我さん程度なら障害にもならないと考えたのだろうか。

私の目の届かぬところで野獣を近づけさせてなるものかとメイドさんも鼻息荒く付いて来ようとするも、天摩さんに却下《きやっか》され涙目になっている……いや、こっちを睨まないでくださいよ。

「お考え直しください、世良様！」

「中学時代のことをお忘れか。何か良からぬことを企んでいるに決まっております」

「あちらは周防様ただお一人。それにこちらには天摩様もいらっしゃいます。何をそんなに恐れることがあるのですか」

世良一門の貴族や巫女さんが詰め寄って諫《いさ》めようとするものの、世良さんは聞く気はない模様。束縛《そくばく》を嫌い、どんなときも好きなように行動する性格なので警護役はさぞかし苦労することだろうが、そんな自由な世良さんも素敵《すてき》である。

それでも、あの周防がわざわざ案内役なんて買って出るわけがないのは同意見だ。何かを企んでいたとしても奴一人で何ができるのか。

例えばこの城の中に暗殺者でも待ち伏《ぶ》せさせているとか。何か危険なトラップでも仕掛けられているとか。あるいは伝説の大悪魔とやらを復活させるとか。だがいくらライバルといえど世良さんは侯爵位の嫡女であり【聖女】の後継者。そんな人物を傷つけたとあっては周防もただでは済むまい。気にしすぎだろうか。

「それでは周防様。エスコートを宜《よろ》しくお願い致《いた》しますわ」

「承知」

『それじゃ一緒に行こうよ。成海クン』

あれこれと考えているとプレートメイルの小手に手を掴まれエスコートされてしまう。まぁ俺がここで何を言おうが変わると思えないし、なるようにしかならないか。

先頭に周防と世良さん。続いて俺と天摩さん、久我さんが並んで城内に入る。過度に装《そう》飾《しょく》された玄関をくぐればシャンデリアで眩く照らされたエントランスホールが広がっており、左右には大きな扉が設置されている。左の扉に入れば熱帯・サバンナ気候のフィールドが広がる21階へ行くことができるわけだが周防はそちらには行かず、右にある扉を開けて入るよう促す。

扉の先は城の大部分を占有するほどの巨大な広間があった。天井はとても高く、両サイドには大きなステンドグラスがはめられた窓がある。そこから差し込まれた暖かい光が神聖な空気を作り出している。最奥《さいおう》には巨大なパイプオルガンが置かれていることから、やはり城ではなく聖堂みたいに宗教的な使われ方をしていた場所だと推測できる。

そしてこの広間こそが【聖女】と大悪魔が戦った舞台だ。

「ここでの戦いについて、よく大婆様《おおばばさま》にせがんだものです」

辺りを感慨深《かんがいぶか》そうに見渡しながら言う世良さん。〝大婆様〟とは【聖女】のことで、曾《そう》祖母《そぼ》だったはず。日本の冒険者の始祖と言われる曾祖母と、いくつも攻略クランを葬ってきた大悪魔との死闘は今でも語《かた》り継《つ》がれる伝説になっており、世良さんも幼少のときから強く興味を引かれていたそうな。

『そうそう。どうしてそんなヤバい相手を四人だけで倒したのかって道中で話をしてたんだよねー』

「それは聞いてはいませんが……でも、大婆様が戦うときはいつも四人でしたし、そのほうがやりやすかったのではないでしょうか」

信頼できる仲間だからこそ安心して背中を預けられる。即興《そっきょう》で作られたパーティーなど足手まといにしかならないと常日頃から言っていたらしい。ゲームなら少しでも人数を増やして戦力を高めたいと考えがちだが、実際に命を懸けた戦いとなれば信頼という要素は無視できないものになるのだろう。

（まぁそれも方便な気がするけどね）

俺としては隠匿《いんとく》スキルやジョブ特性を見られたくなかった、というのが理由だと考えている。【聖女】という存在そのものが特級のシークレットだけど、【聖女】というジョブも広域回復や死者蘇生《そせい》などヤバい魔法をいくつも覚えるわけで、そんなものが世間に知れたら倫理的《りんりてき》な観点から何が起こるかわからない。日本政府も情報管理には相当に気を使っていたはずだ。

周防も知り得る情報を物語のように語る。大悪魔の正体は身長５ｍを超え、６つの腕を驚くべき力で振り回してくる屈強な鬼タイプのモンスターだという。またＨＰを削っていくと鬼の体が青い炎に包まれ、攻撃力、防御力が大幅に増加し、真の戦士以外では手が付けられなくなるとのこと。

大悪魔を見て生き残った者は僅かしかおらず、凄惨《せいさん》な戦いだったせいもあり精神を壊している者も多い。正確な情報を集めるのも苦労したというけど、正解は――

（腕が４本で《魔闘術》を使ってくるマッチョなレッサーデーモンでした）

レッサーデーモンは悪魔の中では下位に分類されるモンスターだ。下位といえどダンエクの悪魔は強力な個体が多く、肉体能力、魔力のみならず所持スキルも多いので倒すとなると非常に厄介。レベル上げとしては適さないモンスターといえる。

しかもこの部屋にいたのは悪魔のフロアボスという特別な個体。他のフロアボスと比べても討伐難度は大幅に高く、当時の攻略クランが倒せなかったというのも納得のいく話である。だからこそ【聖女】もよくそんな討伐要請《ようせい》を引き受けたなと思う。政府の頼みとはいえ誰も勝てなかったモンスターを相手にしろなんて言われたら、俺なら逃げるけどね。

一方、久我さんは大悪魔談義をよそに広間の奥にあるパイプオルガンを興味深そうに眺めていた。試しにと何段もある鍵盤《けんばん》をいろいろと押しているけど何の音も鳴らない。上に並んでいる巨大なパイプはどれも綺麗な状態で壊れているようには見えないけど、俺は構造に詳しくないので見当が付かない。天摩さんも興味があるようで鍵盤や足鍵盤を覗き込んでいる。

『このオルガンはどうやったら音が鳴るのかなー』

「もしかしたら後ろにある送風機が壊れているのかもしれない……」

「いえ、壊れてなどいないそうですよ」

何がおかしいのかクックックと低く笑いながら天摩さん達の会話に割って入る周防。何かを知っているようだ。

「この楽器は、大悪魔と戦うときのみ音楽が奏でられるそうです」

『大悪魔と？　でももう出ないから聞けないいんでしょー』

「どういう仕掛けなの……」

周防がボス戦のBGMを奏でてくれる気が利いた楽器だと面白おかしく言う。久我さんはますます興味が湧《わ》いたのかあちこち引っ張ったり押したりして触り出す。これほどの規模のパイプオルガンを壊したらさぞかし値が張るだろうが、ダンジョンには修復機能があるので何の問題もない。天摩さんは「もう聞けないのかー」とがっくりと項垂《うなだ》れるポーズをしている。

「いえいえ。聞くことはできますよ？」

『えーでも、さっき大悪魔が出ないと聞けないって』

「ですから大悪魔をもう一度呼び出せばよいではないですか」

コイツは何を言っているのだと皆が首を傾《かし》げて見ていると、周防はカバンから1冊の分厚い本を取り出す。表面には血管のようなものがびっしりと浮《う》き出て脈動しており、タールのような《オーラ》が漏れ出している。不気味を通り越してグロテスクともいえるアイテムの登場により、先ほどまで和《なご》やかだった雰囲気が破壊される。

なるほど、企んでいたのはこれか。

「何を……する気」

「それはまさかっ⁉」

「せっかくここまで来たのですから、是非《ぜひ》とも大悪魔を拝見したいですよね」

久我さんは身を低くして警戒し、世良さんはあの本に見覚えがあるようで驚きのあまり後ずさりし、天摩さんはキョロキョロしているだけ。周防はそれがおかしかったのかますます笑みを濃《こ》くする。

あの本は間違いなく〝悪魔召喚の書〟だ。それも恐らくここのフロアボス、レッサーデーモンを呼び出すための。

元はアップデートにより追加されたもので、入手するためには面倒臭《めんどうくさ》い手順をいくつも踏んでDLCエリアにある特殊クエストをクリアする必要がある。てっきりゲーム知識がなければ入手不可能だと思っていたが……もしかして月嶋《つきしま》君が教えたのだろうか。

しかしながら呼び出すというのはブラフだろう。一度あれを発動してしまえばこの部屋の出入り口はロックされ、強制的に戦闘となってしまうからだ。そうなれば周防も巻き込まれる……って躊躇《ちゅうちょ》なく本に魔力を込めて発動させやがったぞ。何を考えているんだ！

本を掲《かか》げるとドクンドクンと脈動が大きくなり、勝手に開かれて中から黒い何かが飛び出し石床《いしどこ》に着弾する。するとその場に三角形と逆三角形を組み合わせた巨大な六芒星《ろくぼうせい》が描かれ赤黒く光り出す。召喚魔法陣が発動したのだ。

大悪魔の召喚が確実と察知し、すかさず部屋から出ようとする世良さんと久我さんだが、それは叶《かな》わず。あの本に魔力を流した時点で悪魔召喚のトリガーは引かれ、全ての出入り口は封鎖《ふうさ》されたのだ。だからこそアイツと戦って負けた攻略クランはほぼ全滅《ぜんめつ》していたわけだが。

　時を同じくして正面奥《しょうめんおく》にあったパイプオルガンがひとりでに動き出し、悲哀《ひあい》と狂気《きょうき》が入り混じったような終末的な音楽が大音量で奏でられる。ボスステージのBGMに相応《ふさわ》しいといえばそうなのだけど、実際にその場にいる人間にとってはそれどころではない。

「ん～聞《き》きしに勝《まさ》る素晴らしい音楽ですね。さて、いよいよ出てきますよ、伝説の大悪魔が。私も見るのは初めてです」

　余程興奮しているのか周防は目を見開き、奏者のように手を広げながら上ずった声で悪魔召喚を実況《じっきょう》する。

　振動とともに魔法陣の中央付近から大きな山羊《やぎ》頭がゆっくりと生えてきて、次いで赤黒い筋肉質の上半身に、アンバランスなほど太い４本の腕。そして悪魔族を示す矢印のように鋭《するど》く尖《とが》った尻尾がお目見えだ。

　身長は約４ｍと、見上げるほどに高い。こちらをじろりと睥睨《へいげい》する複眼のような目を見れば、絶対に人間とは理解しあえない存在だと理解させられる。ただひたすらに命を貪《むさぼ》り尽くしたくて堪《たま》らない、そんな悪逆無道な感情が垣間見える。

（さて、どうする）

モンスターレベルは25。特殊スキルを多数持つ悪魔系フロアボスなので数値以上の強さがあるわけだが……やっぱり俺も戦闘に参加しないといけないのだろうか。こんな濃いメンツの前で本気なんて出せるわけがないぞ。

「あっ、あなたは何をしたのか分かっているのっ！」

『こんなもの呼び出してどうする気なのさー!?』

あまりの無責任な行いに普段温厚《おんこう》な世良さんと天摩さんも大層ご立腹だ。俺も当然ご立腹である。呼び出したコレをどう始末する気なのか、何か良い対策でもあったりするのか。期待していいんだよな。

「大悪魔の腕は４本でしたかっ！　ですが……いやはや、これは強そうだ！　それでは拝見も済んだことですし私はお暇《いとま》しようと思います。あなた達も四人で倒せば【聖女】に並ぶ伝説になれますよ。健闘を祈ります」

周防は胸元から透明な小石を取り出し魔力を込めると「まぁ四人のうち二人は劣等クラスのゴミですが」と言いながら光に包まれ、そのまま消えてしまった。

第23章 ✦ 初めての友達

　聖女が倒したと言われる伝説の大悪魔。その姿を目の前にし、胸元から小石を取り出した周防は光に包まれて消えてしまった。悪魔を召喚するだけして何もせずに離脱しやがったのだ。

「えぇっ⁉」

『に、逃げたー！　このー！』

　世良さんは口を両手で押さえながら平静さを失って動揺しているし、天摩さんはあまりの無責任な行いに地団駄《じだんだ》を踏んで怒っている。普段みることのない姿はとても新鮮《しんせん》……いや、そんなことを言ってる場合ではない。

　先ほど周防が使ったのは《イジェクト》の魔法が込められた脱出アイテム、別名、帰還《きかん》石《せき》とも言われている。ダンジョンの外まで直接ワープする効果があり、命がかかっているこの世界では是非とも持っておきたい代物だ。あれ一つで家が一軒買えるくらいの値段がするため、おいそれと使えるものではないらしいが。

「成海颯太。あなたはどこまで戦えるの？」

「俺は……」

バッグから取り出したプロテクターを手早く装着し、短刀を携《たずさ》えた久我さんが俺の実力を聞いてくる。強敵との戦闘が不可避と分かった今、少しでも生存率を上げようと考えているのだろう。だが実力を見せればとんでもなく面倒になることは容易に想像できる。

レッサーデーモンは魔法陣から完全に姿を現し、誰の命からすり潰そうか舌なめずりしながらゆっくりと吟味《ぎんみ》している。毒々しい《オーラ》が場を包み、清らかであった神聖な空間が重苦しい地獄《カタストロフィ》へと変貌する。もう悩んでいる時間もない。

「さすがに私と天摩様だけで、あのようなものと戦うことはできません。申し訳ないのですが……」

（あれは。やっぱり持っていたか）

首にかけていた透明な小石を取り出す。大貴族の嫡女であり、類《たぐい》まれな才能と容姿を持ち、【聖女】の後継者にも選ばれている希代の才女。彼女の家としてもあの程度の保険を持たせるくらい安いものだろう。

「天摩様、あなたも迷っていないで使うべきですわ。あのお二人については残念ですがそれも天命。貴族であるならば、お家のことを第一に考えて生きるべきです。それでは失礼」

ぎゅっと握りながら魔力を通し、周防と同じように光に包まれ消えていった。

こんな絶望的な状況で、大して仲が良いわけでもなく知り合い程度の同級生のために命を張るなんて愚かなことだ。それに彼女が言ったように貴族の跡取《あとと》りならば家のことを第一に考えて生きるという選択肢《せんたくし》も十分に理解できる。むしろ俺としては逃げるなら早く逃げて欲しいくらいなんだが。

「これ以上に無い最悪な状況ね……来るっ！」

二人が離脱し、残りは三人となってしまった。レッサーデーモンはもう誰一人《だれひとり》逃がすまいと地響きを鳴らしながら突進し、大きな拳を振り回そうとしてくる。

それに割って入ったのは大きな両手斧を盾のようにして受け止めた天摩さんだ。俺の目の前で足を踏ん張って大質量の拳をギリギリと抑え込んでいる。うっすらと赤い《オーラ》が漏れ出していることから、彼女固有のスキル《怪力《かいりき》》を発動させているのだろう。

精霊に愛され祝福《呪い》を受けたことで手に入れた超常《ちょうじょう》の力、《怪力》。彼女を次席たらしめた力の根源だ。大幅に肉体能力を上昇させる効果がある反面、老いて醜《みにく》い体になってしまうという悲劇のスキルでもある。それを使って助けてくれたのはありがたいけど、どうして脱出アイテムを使わないいんだ。

『少しの時間だけウチが耐えてみせるっ！　だからっ、この部屋から出る方法がないか調べてみて！』

4本の太い腕を暴風のように振り回し乱打してくるレッサーデーモン。その連撃を《怪力》頼みに耐えようとするが、あまりの速度と威力に対応できずぶっ飛ばされる。勢いはそのまま止まらず、何度もバウンドしながら壁に激突してしまった。

「天摩さん無理するな！　俺達のことはいいから遠慮なく脱出アイテムを使ってくれ！」

『嫌だ！　せっかく、せっかくできた初めての友達なのに……絶対に見捨てないからっ！』

何度もぶっ飛ばされては自身を鼓舞するかのように声を上げて立ち上がり、再び挑みかかる天摩さん。自慢の鎧が傷つき凹《へこ》んで血が流れているのもおかまいなしだ。そういえば俺の前では陽気に振《ふ》る舞《ま》っていたから想像はしにくいけど、中学時代から腫物《はれもの》扱いされていてずっとボッチだったっけ。それで彼女はあの鎧に閉じこもったのだ。

（まぁでも……嬉しいことを言ってくれる）

学校から落ちこぼれ扱いされて避《さ》けられている俺を友達と言い、伝説と謳《うたわ》れる大悪魔相手に命まで張って立ち向かってくれるとは。その必死な姿から本心だということくらいは分かる。思わず胸が熱くなってしまったじゃないか。オラちょっとやる気が出てきたゾ。

一方の久我さんは手に持っていた学校のレンタルナイフでレッサーデーモンの足を斬りつけるものの、ほとんどダメージを通せていない。分厚く硬い表皮に加えて再生スキルが働いているせいで実質ダメージはゼロだ。もっと強い武器を使うか本気で攻撃すれば別だろうけど、レッサーデーモンのヘイトが安定しない中では大きく踏み込めずにいる。

だけど、久我さんも戦ってくれるなら俺も全てを出さずに済むかもしれない。見た感じ、あの二人に必要なのは優秀なタンクってところだろうな。

「分かった！　ならば俺がタンクを引き受ける。アタッカーは二人に任せた！」

『成海クン、無茶しないでっ！』

無茶は天摩さんだよ。逃げようと思えば脱出アイテムですぐにでも逃げられたのにさ。天摩家総帥が溺愛する愛娘《まなむすめ》に持たせていないわけがないし。それでも見捨てず命までかけてくれたなら、俺だって少しくらい力を解放するさ。

マジックバッグから純ミスリルの黒い小手を取り出し手早く装着。あとは使う予定はなかったが仕方がない……まだメッキを施していない純ミスリルの長剣《ちょうけん》も取り出す。まずは天摩さんに向いていたヘイトをはぎ取ろう。

「デカブツ、こっちだぁあ！　《イリテッド・ハウル》！」

大音量の咆哮《ほうこう》と衝撃波《しょうげきは》が俺の口から発せられる。強制的に対象のヘイトを持っていく挑発スキルだ。やっぱりこれがなければタンクは始まらないだろ。

天摩さんに連打を浴びせていたレッサーデーモンは、磁石で引っ張られるかのようにく

るりと振り返り、俺に向かって走ってくる。大悪魔自身も何故注意を引きつけられたのか分かっていないようだ。

「そのスキルは……〝帝国《ていこく》〟の。やっぱり」

『なにっ？　何をやったの⁉』

【ナイト】はどこかの国の秘密ジョブらしいが、これくらいは見せても大丈夫……だと思う。あとで口止め《土下座》すれば何とかならないだろうか。それと、コイツに攻撃を通すにはパワーが足りない。だからもういっちょ！

「アゲていくぜぇ!!　《フレイムアームズ》!!」

両手を広げるようにスキルを発動すると赤い蛇《へび》のような《オーラ》が腕にまとわりつく。

【ウォーリア】が覚えるバフスキルで、ＳＴＲを30％上げる効果がある。これを使っても数値上はまだコイツと打ち合えるレベルに達していないが、受け流すくらいなら十分だろう。

「二人とも遠慮せず火力を上げていってくれ。ターゲットは俺が何としても固定する！」

挑発スキルをやられ、煩《わずら》わしそうにこちらに拳を振り下ろそうとするレッサーデーモン。まともに受ける気はないので側面方向に旋回しながら回避し、隙を見つけてミスリルの剣で斬《き》りつける。しばらくはこれらを繰り返してクール毎《ごと》に挑発スキルを重ね掛けし、ターゲット固定することを第一に考えればいい。

『何だか分からないけどいけるんだね！　それならウチもいっくよー！』

「……フンッ」

俺が上手くヘイトを取ってタンク役ができると判断した天摩さんは、巨大な斧をぐるんぐるんと回転させながら勢いよく叩き込む。《怪力》のおかげで一発の火力が凄まじく、高い防御力を誇《ほこ》る表皮にいくつも深い傷痕《きずあと》を付けてＨＰをごりごりと削っていく。学年最強を誇る彼女の近接火力は伊達《だて》ではないようだ。

久我さんも攻撃スキルを使っていないのにダメージを通している。あの手に持っている青白く光る短刀には、切断力を高める魔法がエンチャントされているようだ。

「グォギァアァアア！！！」

レッサーデーモンは唸《うな》り声を上げながら腕を乱暴に振り回してくる。俺に思うように拳を当てられず、その上、背後からは怒涛《どとう》の攻撃を叩き込まれているせいで相当に苛立っている模様。そんな状況を打開しようと胸を大きく反らしてスキルモーションの構えを取る。

４本の腕全体に眩いほどの青い《オーラ》がほとばしり、咆哮と共に拳が振るわれた。

『成海クン、危ないっ！』

「大丈夫だ。けどちょっと離れてて」

レッサーデーモンはリーチの長い４本の腕を高速で振り回してくるので、通常ならその全てを避けることは難しい。だが恐れず密着し、回り込むようなポジションを取っていけばほぼ当たらないという攻略法がある。重装備で余程のＳＴＲ《膂力》があるわけでもないなら、タンクの基本的な立ち回りは同じようになるはずだ。

だが、今からコイツが使おうとしている攻撃スキルは中距離《ちゅうきょり》だけでなく至近距離までカバーするので死角はない。回り込む回避方法も使えず、かといってまともに受けとめればダメージも免《まぬが》れない。初見で戦うとしたらさぞかし骨が折れる相手だろう。

（でも、俺は初見じゃないけどな）

ダンエクでは、特殊クエストを受ければ特定のフロアボスに何度も挑める仕様になっていた。階層＝レベルになってしまう制限はあったけど、美味しいアイテムを貰えたのでゲーム時代には数えきれないほど挑んだものだ。ちなみに俺は、コイツのソロ討伐タイムアタック記録まで持っている。

どれくらいダメージを負えばどういった行動をしてくるか、スキル発動直後の溜めを見れば何のスキルを使うのかくらい体で覚えているのでタイミングだって容易に取れる。この攻撃スキルの場合、初手は上腕《じょうわん》からの振り下ろしでスタートするので、軌道《きどう》から体を外しておいて冷静にカウンターを決めていけばいい。

ゲームと同じく雄叫《おたけ》びと共に両腕《りょううで》を振り下ろしてくるのを見て、あらかじめ重心を動かしておき余裕を持って躱《かわ》す。その後の二連突きをかいくぐって一閃。次に左方向から横に払うパンチが来るので俺も右方向にぐるりと背後に回りながら片手剣スキル《ボーパル・スラスト》の三連斬を叩き込む。

野太い悲鳴を上げるが、一度発動したモンスターのウェポンスキルは止まらない。

下から振り上げるようなアッパーが来るので先ほどのウェポンスキル硬直を《バックステップ》でキャンセルし、振りぬこうとする腕の軌道に《スラッシュ》を置いて肘《ひじ》から先を断《た》ち切る。

最後は1本腕を失ったまま上空にジャンプして落下と共に叩きつけてくる攻撃をしてくるので、落下地点から離れて見ているだけでいい。

「グアアアアオォオォオォ」

『す、凄いよ！　どうなってるの、今の動きなに⁉』

「全て見えていた……いえ。何が来るのか全て分かっている動きに見えた」

さすがは久我さん。重心の移動を見られていたか。全くその通りなんだが実際はそれほど余裕があるわけでもない。

戦う前はレッサーデーモンなんて俺一人でもどうとでもなると思っていたし皆にはさっさと逃げて欲しかったけど、共闘できて本当に良かった。

攻撃が当たらないと分かっていても、轟音《ごうおん》を響かせる拳を鼻先で振られて平気なわけがないのだ。見知った敵とはいえ、こんな奴と長期戦なんかしていたら精神が削られ事故率が急上昇《きゅうじょうしょう》していたことだろう。二人がアタッカーをやってくれているおかげで俺は回避に専念できている。感謝したいくらいだ。

レッサーデーモンの落下により砂利《じゃり》や土埃《つちぼこり》が盛大に舞い上がり、同時に耳をつんざくような呻《うめ》き声が響き渡る。落下地点では４ｍもの巨体をくねらせ転げ回っていた。斬り落とした腕からは血が噴き出ているが、再生スキルがあるせいで数十秒もすれば完全に修復されてしまうだろう。

だが今は無防備に蹲《うずくま》っている。貴重な袋叩きタイムを逃す手はない。

「いまだ！　叩くんだ！」

『えへへ。おりゃーー!!』

「遠慮はしない……《ダブルスティング》！」

大きな両手斧を振り上げて飛びかかり、ここぞとばかりに滅多打《めったう》ちにする天摩さん。１発振るうたびに軋《きし》むような旋風《せんぷう》を発生させ、ゴリゴリとＨＰを削《けず》り取っている。想像以上の火力にオラは若干引き気味だ。一方で短刀を持つ腕を高速で振るわせ、引っ掻《か》くようにスキルを発動する久我さん。より効果的な場所を探して急所っぽいところを的確に切り刻

み続けているのが頼もしくも恐ろしい。

だがフロアボスのＨＰは莫大であり、これほどのダメージを与えてもまだ半分近く残っているはず。それにコイツは残りＨＰが少なくなれば〝発狂《はっきょう》〟もしてくる。気を抜かず確実に処理していかなくてはならない――それでも。

『さっきはよくもやってくれたなーっ！　肉っ！　肉よこせーっ！』

「この角も……寄こしなさい」

あの頼もしすぎる二人がいれば、労せずいけそうな気もしてきたぜ。

第24章 アウラの使徒

――久我《くが》琴音《ことね》視点――

何の準備もできていないというのに大悪魔といわれるフロアボスが召喚されてしまった。周防にとってはほんのイタズラに過ぎないのかもしれないけど、脱出アイテムを持っていない私はここから逃げることすら叶わない。

もとより、脱出アイテムは庶民が買えるような代物ではないことから、貴族でなければ死んでも別に構わないと判断したのだろう。これだから時代錯誤《じだいさくご》な貴族主義国家は困る。だが泣き言をいくら言ったところで状況は何も変わりはしない。退路が無いのなら覚悟を決めて戦うしかない。

この階のフロアボス攻略動画は本国で見させられたことがある。あれはレッサーデーモンという悪魔族で、推奨《すいしょう》される最低必要戦力は戦闘訓練を積んだレベル20が十八人というもの。実際はその戦力でも勝率は半々といった厳しい内容だったことを思い出す。

それなのに、ここには私と成海颯太、鎧女《よろいおんな》、聖女もどきの四人しかいない。レベルだけは20近くあるようだが、しょせんは甘《あま》やかされて育った坊《ぼっ》ちゃん嬢《じょう》ちゃんばかり。ほとんどパワーレベリングで上げたようなものだろう。幾度《いくど》の試練と死闘をくぐり抜け、己《おのれ》を追い込んできた本国の熟練兵と同等の戦力レベルと見なすのは贔屓目《ひいき》に見ても難しい。

その中でも学年首席ということで少しは期待していた聖女もどきも早々に離脱してしまった。同じ貴族である鎧女も脱出アイテムを使うのは時間の問題。そうなれば成海颯太と私の二人だけになってしまう。果たしてあの男は使えるのだろうか……

(上手くすれば私一人でも〝発狂〟までは持っていけるかもしれない……でもそこまでだ)

フロアボスは一定以上HPが減ると発狂と呼ばれる状態となり、強力なスキルを使ってくる場合がある。この悪魔もHPを残り4分の1くらいまで減らすと全身が青い《オーラ》に包まれ防御力が大幅に上がり、桁違《けたちが》いの破壊力《はかいりょく》を持つ凶悪なスキルを放ってくる。そうなれば私だけで対応することは不可能。

成海颯太も少しはやるようだが、これから迎えるであろうハイレベルな戦闘に付いてこられるとは思えない。絶望的――そんな言葉が脳裏《のうり》を掠めたところで突然、思わぬ方向に流れが変わっていく。

何を血迷ったのか鎧女が脱出アイテムを使わず悪魔に立ち向かっていくと、それに触発《しょくはつ》された成海がタンクをやると言い出したのだ。そういえば不思議に思っていた。悪魔が召喚されたときもあの目には怯《おび》えや恐怖が浮かんでいなかったことに。その理由もすぐに判明する。

「デカブツ、こっちだぁあ！　《イリテッド・ハウル》！」

（あれは……ア、ウ、ロ、ラの使徒が何故こんなところに）

この広大な広間全体が震えるほどの咆哮。あれは神聖帝国にしか存在しない最高機密ジョブ【ナイト】が使用する代表的なスキルだ。

東欧《とうおう》に位置し、聖女アウロラを頂点とする神聖帝国。その帝国の中でも【ナイト】に就けるのは聖女アウロラに選ばれた超エリートのみ。将来は近衛騎士、またはアウロラの使徒となって国政に大きな影響を与えていく重要人物となると聞く。彼らは人前に現れること自体滅多《めった》になく、情報管理も徹底されており厚いベールに包まれていた。それなのに

——

その帝国の国家機密が目の前にいる！

私は正直アウロラを、そして使徒の実力も舐めていた。神聖帝国はゴロツキ冒険者共がテロ紛《まが》いに作り出した歴史の浅い新興国だし、神輿《みこし》に担《かつ》がれただけの女《アウロラ》が選んだ才能だか

らといって何の証明になるのかと。しかし目の前にいる【ナイト】を見れば、その異常性を嫌でも理解させられる。

両腕に炎を宿した成海颯太は、巨大な4本の腕から振り下ろされる大質量の拳を、いとも簡単に受け流し、あるいは躱し、隙あらば懐《ふところ》に潜《もぐ》り込《こ》んで冷静にカウンターまで決めていく。動きの速度からして私よりレベルは低いだろうけど、呆《あき》れるほどの戦闘技術と戦術眼を持っていた。これほどの才能を発掘《はっくつ》し育成まで施したのならば、アウロラと帝国の評価を大幅に改めざるを得ない。

けど、おかしなことだらけだ。

成海の動きは決して速いわけではない。むしろ私や悪魔のほうが数段速くパワーも上のように見える。それなのに私でもギリギリ躱せるかどうかの連打を必要最低限の力と動きだけで簡単に捌《さば》き、おまけに次の攻撃がどこに来るのかを分かっているかのような動き方まで見せる。その結果、悪魔は成海に全く対応できず翻弄されているのだ。

(何故そんな動きができるの……?)

見てから躱しているのではない。拳を繰り出す予備動作をしただけで成海はすでに重心を動かし回避に移行している。ならば動きを予測したからか。それも違うだろう。

攻撃を予測したからといってあの動きができるものではない。レッサーデーモンが繰り出すパンチの軌道予測に少しでもズレがあれば一撃でノックダウンしかねない。そのため予測からの回避はある程度、保険を掛けた大きな動きを取らざるを得なくなる。

だが成海の動きには迷いが一切窺《うかが》えない。致死《ちし》の攻撃を紙一重で躱し、カウンターを狙うために立ち回りが効率化されすぎている。

（レッサーデーモンを……どこまで知り尽くしているの？）

レッサーデーモンというモンスターを深く熟知していなければ不可能な動きを何度も繰り返している。その推察が確かなものになったのが、４本の腕で連撃スキルを放ってきたときだ。

悪魔が斬撃のモーションを繰り出す前に、成海は重心を動かして安全な場所に体を入れており、まだ拳を振り抜いておらず隙も生じていないのに、片手剣スキルの発動モーションに入っていた。さらには目視することなく攻撃を避《よ》けていたり、腕の軌道にあらかじめスキルを設置し断ち切るという曲芸までしでかした。完璧《かんぺき》すぎて気味が悪い。

次に何の攻撃が来てどこに隙が生じるのか、あらゆる攻撃パターンを網羅《もうら》し、思考ルーチンすらも把握していないとできる芸当ではない。それを可能とするには、動画を見るだけでは不可能。何十、下手すれば何百回という途方もない実戦経験が必要となってくるはず。果たしてそんなことが可能なのか。

(どれだけの数の悪魔の書を手に入れたらそうなるというの)

レッサーデーモンを召喚するには悪魔の書が必要となる。だが入手には、より強いモンスターを倒す必要があり、そこまでの手順や道程も複雑。数を揃えるとなると途方もない人員と時間が必要となる。帝国にあるダンジョンを使って組織的に集めていたのだろうか。

入手方法はアメリカだけの機密情報だと思っていたけど、周防ですら知っていたのなら帝国にだって知られていてもおかしくはない。しかし、そんなに悪魔の書を集めて何をしていたのかも気になる。

帝国の情報は表に出てくることがほとんどなく、世界各国が工作員を送り込み情報を探っている。同期の仲間も何人か入り込んで諜報活動をしているけど、組織の中枢《ちゅうすう》までたどり着けた者は、いまだ誰もいない。そういった意味でも、アウロラの使徒である成海颯太とのコネクションは一塊のミスリルにも匹敵《ひってき》する。

何とかして籠絡《ろうらく》し機密情報を引き出すことはできないものか。きっと驚くようなモノが出てくるに違いない。距離を縮めるために私はもっと愛想良くすべきだろうか。

「久我さんっ、コイツのHPが25%切ったら《鑑定》でモニタリングしてくれ!」

「……なんで私がそのスキルを持っているのを知っているの?」

「それは後回しだ。とにかく体力が残り2割で発狂する。俺が合図したら二人とも一度離れてくれ」

『分かったよ、成海クン！』

《鑑定》はとっておきだったのに……後で必ず問い詰《つ》めなければなるまい。それはともかく、この男ならば発狂まで問題なくタンクを続けられるだろう。だが発狂後は最深部のフロアボスにも劣らない強力無比なスキルを使ってくるわけで、専用の装備も無く、たった一人でどうにかできるとは思えない。

何か思いもよらぬ手段があるのか。それとも帝国の更なる機密を見せてくれるのだろうか。非常に興味深いが、その前に一応聞いておこう。

「成海颯太。何をやる気なの？」

「俺が発狂スキルを避けるから、それが終わったらウェポンスキルを使って攻撃を再開してくれ。発狂後は通常攻撃が通らない」

避けるとは何だ。この悪魔の発狂を一度でも見たことがあるのなら、そんなことは到底《とうてい》不可能だと知っているはずなのに。しかし、ここまでの成海颯太を見れば本当に避けきってしまうかもしれない。全くもって得体の知れない男だ。

「……いまＨＰ26％」

『発狂って、〝リッチ〟の発狂みたいなヤバいのを使ってくるんだよね』

「あぁ。１０００発の魔法弾を撃ってくるな」

『１０００発⁉　だ、大丈夫なの？』

「23％」

発狂が発動するＨＰが近づいてくるにつれ、苦戦を強いられ渋《しぶ》い顔をしていた悪魔が再び残虐《ざんぎゃく》な笑みを取り戻す。これでやっと惨《むご》たらしい死を与えられる、とか思っていそうな顔だ。

「21％」

「くるぞ、二人とも離れて！」

『信じてるよ！　成海クン！』

「まかせろ！」

急いで鎧女と共に広間の隅《すみ》まで退避する。レッサーデーモンの発狂スキルはとにかく広範囲に壊滅的《かいめつてき》な被害をもたらす。十分な距離を取らねばならない。

「グシャァアグアァァアブア！　シヌガイイ！」

残り20％となったその時、視界が青い光で塗《ぬ》りつぶされる。地鳴りのような低周波の雄叫びとともに、赤黒かった悪魔の全身が青く燃え盛る炎に包まれ、広場が重苦しいほどの《オーラ》に満たされる。

この状態になってしまえばこのマジックウェポンでも通常攻撃は通らなくなり、攻撃力補正が付いたスキルでしかダメージを与えられなくなる。だが問題はそこではなく、この直後に撃つスキルの方だ。

悪魔が４本の腕を掲げると、頭上に現れたのは直径３ｍほどの円環《えんかん》魔法陣。複雑な紋様が描かれており、文字のような場所から真っ黒いどろどろとした魔力があふれ出ている。これだけ離れていても肌がピリピリするほどの恐ろしい魔力密度だ。

あの魔法陣から強力な魔法弾を召喚し連続で放ってくるのがレッサーデーモンの発狂スキル。単発でもそこらの建物を粉々にするほどの威力を誇るので、体に直撃《ちょくげき》したら余程の重装備でもなければ死は免れない。

対策として行われているのは２つ。一つはいくつもの《アンチミサイル》魔導具を多重起動して結界を張りつつ、魔法攻撃に強い純ミスリルの盾を何枚も張って衝撃に耐える方法。これは本国が取る最も安全な戦術であるが、魔導具は非常に高価だし、魔法弾を受け止めすぎた純ミスリルも使い物にならなくなって廃棄《はいき》処分となり、この戦術を一度やるだけでも巨額《きょがく》の資金が吹き飛ぶ。にもかかわらずこの戦いにそれだけ利益を見いだせないというのが最大のデメリットだ。

もう一つは被害を覚悟して逃《に》げ回る方法。必要とするものはなく安上がりなものの、被害が全く予測できないという致命的《ちめいてき》なデメリットがある。ターゲットを固定化させず魔法弾がばら撒《ま》かれれば、これだけ広い空間でもほぼ全ての場所に着弾してしまうだろう。下手をすれば全滅してもおかしくない。一般の攻略クランが取っていた方法だが、これはは っきり言って博打《ばくち》そのものだ。

（そのどちらの選択も取らないというの？）

まさに今、魔法陣の照準が目の前の男にロックされ、極大の魔法弾が放たれようとしている。それなのに成海は何か特殊なアイテムを使う様子もなく、かといって逃げ回るというわけでもなく、棒立ちしたまま動く気配がない。あのニヤケ面《づら》が気になるが見届けるとしよう。

魔法陣が一瞬眩《まばゆ》く光ると、何十個もの青い光球が同時に高速で噴射され、成海のいた周辺に光の線となって着弾する。同時に爆音《ばくおん》が鳴り響《ひび》き、綺麗に並べられていた石床がめくれ上がって土埃が勢いよく舞い上がる。さらに1秒も経たずに次の光球が同数召喚され、間を置かず撃ち込まれる。光球の召喚はまだまだ続く。まるで面制圧でもするかのような明らかに過剰な火力だ。

爆撃《ばくげき》範囲は拡大していく。召喚される光球の数もますます増えていき、それらが雨あられのように降り続ける。もう成海のいた場所は周辺含めて無事な場所などどこにもない。

荘厳《そうごん》な雰囲気だった聖堂広間もクレーターだらけになり、見るも無残な姿に成り果てている。

レッサーデーモンの発狂スキルを実際にこの目で見るのは初めてだったけど、動画で見たものと実際の現場はまるで違った。目の前に広がる壊滅的な惨状《さんじょう》にどうしようもない恐怖がこみ上げてくる。隣にいる鎧女は一歩だけ後ずさったが踏みとどまり「頑張れ頑張れ」と斧を振って応援している。健気《けなげ》なことだが、大した装備もせずあれだけの爆撃を浴びてしまえば、いかに超人的《ちょうじんてき》なセンスを持つ成海でも生き残れないだろう……

（だけど、最大の問題はクリアされた）

あの防御力を上げる《オーラ》は健在なのでここから先は長期戦になるが、勝機はあると考えていい。一人の犠牲で済んだと思って気持ちを切り替《か》えていかねばならない。鎧女の火力にも頼らざるを得ないのだから。

「鎧女……ここは気持ちを切り替えて――」

『成海クン！』

「それじゃ、二人とも――」

土埃が晴れると、そこには何事も無かったかのように立っている男がいた。服に付いた汚れを呑気《のんき》に払っている。本当にあの極大魔法弾の嵐《あらし》を躱しきったというのか……いくら何でもありえない。

「──反撃《はんげき》といこうぜ」

第25章 ✦ 秘密の小部屋

「グシャァアグアァアァアブア！　シヌガイイ！」

（うほぉぉ……怖《こえ》えぇ）

レッサーデーモンが勝ち誇ったような顔で巨大魔法陣を動かし、俺に照準を定めてくる。単発でもそこらのモンスターが使う魔法より数倍高火力だというのに、それを１０００発も撃ち込んでくるとかゲームバランスを少しは考えろと言いたい。

色んなアイテムやスキルをフルに駆使《くし》すれば対処も可能だろうけど、今の俺にはそのどちらの選択肢も取ることはできない。まともな防具だってミスリルの小手くらいしか付けていないし、鎧なんて家でホコリをかぶっていた豚革の軽鎧《けいがい》。もちろん何のエンチャントもかかっておらずダメージ軽減効果も見込《みこ》めない。

（それに、あの二人も見てるしな）

もう十分面倒事になっているとはいえ、見せるスキルは最低限に留《とど》めつつ、この難局を乗り切りたい。ならばどうするかだが、もちろん秘策はある。

このボスエリア一面に敷かれている石床。ゲームではその一つを動かすとゲート部屋に通じる縦穴があったのだが、こちらでも同じ構造になっているのかどうか入ってきたときに真っ先に調べて確認済みだ。

召喚して戦闘となってしまえば移動制限がかかり、外に出たりゲート部屋まで行くことはできなくなるが、縦穴と直下にある小部屋にだけは出入りが可能。コイツの無茶な発狂はその穴に入ってやり過ごそうという作戦である。

注意しなければいけないのは、縦穴に入る際にレッサーデーモンに気付かれてはならないということ。もしバレれるようなことがあれば縦穴ごと破壊されるか、ヘイトがリセットされ、魔法弾の照準を天摩さん達に向けられるかもしれないからだ。

流れとしては魔法弾を撃たれて土煙《つちけむり》が上がり、俺の姿が確認しづらくなってから縦穴に入り込むという手はず。

最初はいきなり直撃を狙わず恐怖を味わわせるために逃げ道《みち》を無くし、ぐるりと螺旋《らせん》を描くように撃ち込んでくると思うので、爆風に注意しながら俺も同じように躲していけばいいだけ――だが、確信はない。ゲームではそうだった、というだけで違ったら俺は死ぬかもしれない。

どうしてこうなったのかと現状を冷静に把握しようとすればするほど笑えてくる。泣き言を言ったら手加減してくれないかなとレッサーデーモンのヤギ顔をそっと窺《うかが》うが、どうにも許してもらえそうにないので、いつでも縦穴に逃げ込めるようこっそりと近くまで移動しておこう。

（さて。上手くいけばいいが……来るっ！）

キラリと巨大魔法陣が輝き、同時に高密度の青い魔法弾が数十個召喚される。数秒ほどゆらゆらと浮いていたと思ったら急加速して閃光《せんこう》となって降り注ぎ、視界が真っ青に染まる。レベル20となった俺でも魔法弾の軌跡《きせき》はわずかにしか見えないほどに速い。

それでもゲームと同じように螺旋状《らせんじょう》に撃ち込んできたのだけは確認できたので十分。咄《とっ》嗟《さ》に着弾地点から渦を巻くように動くとその直後、間近に爆発したような破裂音《はれつおん》がいくつも轟《とどろ》き、石床が砕け、破片《はへん》が勢いよく飛散する。

想定よりやや土埃が足りないので逃走用の土煙弾を地面に放ち、滑《すべ》り込むように入り口を開けて体を入れる。

「はぁ……はぁ……いけたか？　マジで死ぬかと思った」

上では爆音が鳴り続けているので一先《ひとま》ずは成功か。俺がまだあの場所にいると思って嬉々《きき》として撃ち込んでいるのだろうが、しょせんは下級悪魔。体はデカくとも知能はゴブリン並みである。これが上位の悪魔だと妙に頭が回るので同じ手は使えないだろうけど。

呼吸を整えながら、小型の携帯《けいたい》ランタンで照らして梯子《はしご》を下る。10mほど下りると俺の部屋よりも狭いくらいの石壁《いしかべ》で囲まれた空間があり、中央には鈍色《にびいろ》に光る宝箱が置かれていた。マジックアイテムが確定で入っている［銀の宝箱］だ。やっぱりあったか。

ダンエクではゲート部屋から近いこの宝箱は取り合いになっていて、いつ来ても中身は空っぽだったけど、こちらの世界では認識阻害が効いているせいか誰も取りに来ないようだ。早速、小物入れからオババの店で買った［宝箱の鍵・銀］を取り出して開けてみる。

人が一人入れそうなほど大きな宝箱なのに、中に入っていたのは赤い宝石の付いた小さな指輪が一つだけ。だが大きさイコール価値ではないのでガッカリする必要はない。手に取ってよく見てみれば宝石の周囲にキラキラした粉雪のようなものが舞《ま》っている。

「これは……もしかして精霊が宿っているのか」

マジックアイテムの中にはごく稀《まれ》に精霊が宿っているものがあり、それらは使い続けると進化するという特性を持っている。手に入れたときは効果が弱くても上手く育てていけば強力な効果を発揮するので、プレイヤー間で驚くような値で取引されていたものだ。

この赤い宝石に宿っている精霊は生命力を高めるカーバンクルだと思うので、HP回復の効果が見込めるはず。

「どうせかすり傷程度しか治せないと思うけど、一応装備しておくか……って、おい」

どの指に付けようかコロコロと転がしているとイラッとした不機嫌な魔力を感じた。もしかして意志でもあるのだろうか。とりあえず無視して嵌《は》めてみると効果はあったようで、体中にあった小さな傷がみるみる塞がっていく。効果は1分間あたりＨＰ＋1程度だったはず。それでも普段使いには十分すぎる性能だろう。

上の方では爆発音《ばくはつおん》と振動がより大きくなり、落ちてくる砂埃や破片も徐々に増えてきた。そろそろ終わる頃合《ころあ》いだ。ならば最後の締めといきますかね。

「グォァアアアア!!」

青く濃密な《オーラ》を全身に纏《まと》って俺を握《にぎ》り潰《つぶ》そうと腕を伸ばしてくるが、動きが速くなったわけでもないので小さく旋回すれば余裕で避けられる。ついでに挑発スキルを重ね掛けしておこう。

『いっけぇーー！　《ぶった斬り》!!』

「もう一本いただくわ……　《ダブルスティング》」

大きく踏み込んでジャンプし、振り上げた巨大な両手斧に渾身《こんしん》の力を乗せて、垂直に振り落とす天摩さん。衝撃波が発生するほどの斬撃は《オーラ》と分厚い表皮を容易に切り裂《さ》いてクリティカルダメージを与えている。

レッサーデーモンはあまりの痛みに蹲《うずくま》り片手を突いて動きを止めると、その無防備となった腕に的確にスキルを当てて斬り落とししに成功する久我さん。4本あった腕はすでに3本切り落とされ、残りは1本のみ。再生が間に合っておらず体中から血を噴き出し、満身《まんしん》創痍《そうい》で動きも大分鈍くなっている。あとはもう煮《に》るなり焼くなりという状態だ。

(それにしても、攻撃に専念した二人の火力は予想以上だったな)

身体全体が《オーラ》で覆われ防御力が数段アップしたレッサーデーモンのHPを、まさか10分足らずで削り切るとは。挑発スキルが無ければ、とてもじゃないがヘイトを持ち続けることはできなかっただろう。

「アイテムの分配はどうするの……この悪魔の角は良い素材になると聞くわ」

『伝説の大悪魔ってどんな味がするのかなー。わくわくっ』

「グァア……ァア……」

すでにドロップ分配の話に入っていた。天摩さんは腰のあたりに斧スキルをブチかましながら『この辺りのヒレ肉、ドロップしないかなー』などと無慈悲《むじひ》なことを言い、久我さんは頻りに角を引っこ抜こうと短剣を振り回しながら飛び回っている。

　一方のレッサーデーモンは人間の言葉が分かるようで、最初に召喚されたときと比べ、見違えるような弱々しい呻き声を放っている。何やら弱い者いじめをしているような気もしなくもないが、俺にあんなスキルを撃ち込んできた悪魔に情状酌量《じょうじょうしゃくりょう》の余地はない。もっとも、あの二人は素材欲しさに手加減など微塵《みじん》も考えていないようだが。

　残りＨＰは数％となり勝利が確実となったところでレッサーデーモンが甲高い雄叫びを上げはじめる。これは悪魔系モンスター特有のＳＯＳスキルだ。

　近くにいるモンスター、もしくは魂《たましい》が共鳴している他の悪魔族に「手下になるので助けてくれ！」と屈辱のヘルプコールをしているのだが、この階層にモンスターは出ないし、近くの階層にも悪魔なんてポップしない。つまりは無意味なスキルに成り果てているというわけだ。

「ということで命乞《いのちご》いも済んだことだし、終わりに──なっ⁉」

『えっ。これなにー？』

　這いつくばるレッサーデーモンにトドメを刺そうと剣を振り上げると、俺のすぐ目の前に紫色に光り輝く幻影《げんえい》が現れた。何者かが《ゲート》を使ってここにやってこようとしている。

何事かと三人とも離れて様子を見ていると、中から出てきたのは――

「ここかな？　やっぱりここだ……随分と魔素が薄いなぁ。おや？」

人間でいえばまだ中学に入ったかどうかくらいの幼さが残る顔。長くゆったりとした金髪に爛々《らんらん》と輝く赤い瞳《ひとみ》。白い鱗《うろこ》のような全身鎧《ぜんしんよろい》の上に赤く縁取《ふちど》られた漆黒《しっこく》のマント。頭には大きな巻き角が生えている。〝戦闘モード〟に入った魔人だ。

俺はこの魔人を知っている。だけど記憶にあるのはもっと大人しく、オドオドとしていたはずだが……それがどうにも、いや、大分様子がおかしい。

「あれあれ。晶《あきら》ちゃんに琴音《ことね》ちゃん……と、なんでブタオまで？　どういった人選なのコレ」

こちらを見て仰々《ぎょうぎょう》しく驚くポーズをする魔人。どうして俺達のことを知っているのか。それは恐らくはそういうことなんだろう。

「あなたは何者なの。その角……悪魔の仲間？」

『悪魔？　でもどうして私達の名前知ってるのかなー』

見た目が年下の男の子なせいで二人はあまり警戒していない様子。だがその考えは早々に改めなければならない。この世界において見た目と強さはそれほど相関性が無いのだから。現にこの魔人のレベルはレッサーデーモンを遥《はる》かに凌駕《りょうが》している。

「グォオォ……グォオォ……」

「ん？　そういえばお前がボクを呼んでたんだっけか。でも今は忙しいから。お邪魔虫にはー《アガレスブレード》」

魔人が手首をひっくり返すようにスキルを発動させると、視界が光に包まれ、轟音と爆風が巻き起こる。突然の出来事に棒立ちしていた俺達三人は吹き飛ばされてしまう。

後に残ったのは縦に抉《えぐ》れた地面の中で真っ二つになったレッサーデーモンの成れの果て。それもゆっくりと消え失《う》せて魔石と角だけになる。

「それでボクさぁ、〝外〟に出たいんだけど。どうすればいいのか教えてくれないかな」

這いつくばりながら見上げると、最初に現れたときと変わらず狂気に満ちた目が爛々と輝いていた。

あとがき

お久しぶりです。もしかしたら初めまして。鳴沢明人です。「災悪のアヴァロン」３巻を手に取っていただき、ありがとうございます。

この３巻ではクラス対抗戦がメインのお話となります。静かな学校生活を所望する主人公・颯太君がクラスメイト達の声援（？）に押されてダンジョンへ挑んでいきます……が、そこに個性的すぎるヒロイン達、ライバルや敵組織も登場し、はたして何事もなく無事に終えることができるのか。できるわけがありませんよね、サブタイトルの通りです。楽しんでいただけたのであれば幸いです。

さて次巻の４巻ですが、２０２３年秋か冬ごろにお届け予定です。冒険者学校だけでなく色んな勢力もお目見えします。ｗｅｂとは少し変わるかもしれないですが何とか予定通りに刊行できるように頑張りたいところです。

そしてついに。コミカライズ（『となりのヤングジャンプ』様（https://tonarinoyj.jp/）

にて現在最新第3話まで無料で読めます）の連載が始まりました。佐藤ゼロ先生の手より新たな命を吹き込まれた「災悪のアヴァロン」を是非ご覧になってください。とても繊細でカッコいい絵を描く方なので、鳴沢としては嬉しくて妙なテンションになってしまいます。（ありがとうございます！）

最後にこの場をお借りして謝辞を贈らせてください。たくさんのお話を聞かせていただいた担当編集者様（先日は楽しかったです！）、魂のこもった素晴らしいイラストを描いてくださったKeG先生、分かりやすく良い文章に導いてくださった校閲者様、素敵な本にしてくださったデザイナー様、印刷所の皆様方、深くお礼申し上げます。

何より、こうして3巻まで刊行することができたのも多くの読者様のおかげです。最大級の感謝を。

それではまた次巻でお会いしましょう。

二〇二三年四月　鳴沢明人

HJ NOVELS
HJN68-03

災悪のアヴァロン 3　～悪役デブだった俺、クラス対抗戦で影に徹していたら、なぜか伝説のラスボスとガチバトルになった件～

2023年5月19日　初版発行

著者――鳴沢明人

発行者―松下大介

発行所―株式会社ホビージャパン

〒151-0053
東京都渋谷区代々木2-15-8
電話　03(5304)7604（編集）
　　　03(5304)9112（営業）

印刷所――大日本印刷株式会社

装丁――内藤信吾（BELL'S GRAPHICS）／株式会社エストール

Printed in Japan

ISBN978-4-7986-3187-5　C0076